奥さん、びしょ濡れです…

葉月奏太

マドンナメイト+

奥さん、びしょ濡れです…

第一章　突然のお誘い

1

ここは米どころとして知られる北陸地方の小さな街だ。

斉藤航太朗《さいとうこうたろう》がこの街にやってきて三カ月になる。はじめての土地で最初はとまどったが、ようやく慣れてきたところだ。とはいえ、生まれ故郷の東京に帰りたい気持ちは変わっていない。

航太朗はウォーターサーバーを取り扱っている会社「ネクストアクア」の社員だ。入社二年目の二十三歳で、まだまだこれからだというのに、正直なところやる気は萎《な》えていた。

昨年、大学を卒業して就職すると、東京本社の営業部に配属された。だが、人見知りの性格が災いして、営業成績は同期のなかで最低だった。その結果、今年の春から地方支店に飛ばされたのだ。

入社一年で出世コースからはずれてしまった。

すっかり腐っていたが、こちらは東京ほどノルマが厳しくない。上司もうるさく言わないので、気分的には楽だった。

ただ「決起集会」という名の飲み会は煩《わずら》わしい。毎月頭に開催されており、全員参加が義務づけられている。だが、航太朗は酒があまり強くない。それなのに割り勘なのは損をした気分になる。できれば参加したくないが、新人なのでそんなことを口に出せるはずもなかった。

今まさに七月の決起集会のまっ最中だ。

会社の近くにある居酒屋の座敷席で、総勢十五名の社員たちが盛りあがっている。だが、航太朗は目立たないように隅の席に座っていた。

この手の宴会が、どうにも苦手だ。

支店でうまくやっていくには、積極的に話に加わるべきだとわかっている。しかし、どうしても気後れしてしまう。

学生時代からみんなといっしょに騒ぐより、ひとりのほうが好きだった。まわりからは暗いやつと思われていたのではないか。そんなことだから、女性と交際した経験は一度もなかった。

やがて一次会がお開きになり、店の外に出る。

ここで支店長が二次会に行くメンバーを募るのがいつものパターンだ。それがわかっていたので、航太朗はさりげなくその場を離れた。

(よし、振り返るな……)

心のなかで自分に言い聞かせながら歩きつづける。

どうせ、自分ひとりがいなくなったところで誰も気づかない。つまりは居ても居なくても同じだということだ。自分は空気のような存在らしい。認めるのはつらいが、それが現実だった。

多くの人が歩いており、楽しげな笑い声が響いている。それだけに、なおさら淋しい気持ちになってしまう。

ここは街いちばんの飲み屋街だ。

とはいっても、東京のように華やかではない。ネオンの明かりはなく、焼き鳥屋、おでん屋、お好み焼き屋など、昔ながらの渋い店が並んでいる。だが、どこにも寄らず、まっすぐアパートに帰るつもりだ。

まだ梅雨は明けていないが、雨は降っていない。しかし、蒸し暑くてじめじめしていた。とにかく、誰にも見つからないように早足で駅に向かう。居酒屋から離れて、そろそろ大丈夫だろうと気を抜いた。

「斉藤くん……」

背後から女性の声が聞こえた。

一瞬、ドキリとするが、聞き覚えのない声だ。それに斉藤という名字はめずらしくない。歩いている人はほかにもいるので、きっと自分ではないだろう。そう思って、そのまま立ち去ろうとする。

「ちょっと、斉藤くん」

肩を軽くポンポンとたたかれた。

どうやら、呼ばれたのは自分だったらしい。なにかいやな予感がするが、名前を呼ばれたということは知り合いだろうか。無視するわけにはいかない。航太朗は立ちどまると、恐るおそる振り返った。

「えっ……」

思わず小さな声が漏れる。

そこには雨宮志津香《あまみやしずか》が立っていた。グレーのスーツに身を包み、にこりともせずに航太朗の目をまっすぐ見つめている。

決起集会の座敷席では、大きめの座卓を挟んで互いに対角線上に座っていた。なんとなく視界には入っていたが、志津香は終始うつむき加減で、誰とも言葉を交わしていなかった。

志津香は営業部の先輩で、二十九歳。人妻だ。

切れ長の目にすっと通った鼻筋、唇は薄めでバラのように赤い。肌が透きとおるように白いため、唇の鮮やかさが強調されている。背中のなかほどまである艶やかな黒髪が、生ぬるい風に吹かれて揺れていた。

どこか人を寄せつけない雰囲気を纏《まと》っており、会社では必要最低限のことしか話さない。雑談には決して加わらず、笑っている顔すら見たことがない。お高くとまっているわけではないのだろうが、とにかく無口な印象だ。

おまけに彫刻のように整った顔立ちのせいで、なおさら冷たい印象を受ける。

正直なところ苦手なタイプだ。

(どうして、雨宮さんが……)

航太朗は困惑して立ちつくした。

まさか志津香に呼びとめられるとは思いもしない。ほとんど話したことがないので、声を聞いてもまったくわからなかった。

「もう帰るの？」

志津香が抑揚のない声で尋ねる。

逃げようとしたことを咎《とが》めているのか、たまたま見かけたから話しかけただけなのか、それともほかに目的があって呼びとめたのか。表情からは読み取ることができなかった。

「二次会には出ないのね」

「そ、それは……」

航太朗は思わず言いよどむ。額に汗がじんわり滲んだ。

逃げようとしたところを見られている。下手な言いわけは通用しない。今回は二次会に参加するしかないだろう。仕方なく戻ろうとすると、志津香が唇の端に微かな笑みを浮かべた。

「わたしも出ないの」

その言葉を聞いて、一瞬呆気に取られてしまう。

注意するために呼びとめたのではない。それなら、どうして航太朗に話しかけたのだろうか。

だが、なにより志津香が微笑んだことに驚かされた。

わずかとはいえ、彼女が感情を表に出すのはめずらしい。営業には不向きな性格に見えるが、成績は常にトップクラスなのだから不思議に思っていた。もしかしたら、この微笑に謎が隠されているのかもしれない。

(そうか……そういうことか)

ふだん愛想がないため、志津香の微笑は強烈な破壊力を秘めている。

美しすぎるゆえ、近寄りがたい感じがしていた。クールな印象が強くて、気軽に話しかけられなかった。ところが、不意打ちの微笑により、一気に距離が近くなった気がする。こうして人の心にすっと入りこむのではないか。

実際、航太朗の心は激しく揺れていた。

これまで苦手なタイプだと思っていたが、今は胸の鼓動が速くなっている。見つめられるだけで息苦しくなっていた。

「ふたりだけで二次会をしない?」

意外な提案だった。

「ふたりだけ、ですか?」

反射的に聞き返してしまう。

まさか志津香がそんなことを言うとは思いもしない。もしかしたら、聞き間違いではないか。まともに話したこともないのに、航太朗を飲みに誘う理由がわからなかった。

「ええ、ふたりだけで」

志津香は微笑を浮かべたままうなずいた。

「え、えっと……俺、その……」

突然のことで、しどろもどろになってしまう。

なにしろ、女性とふたりで飲みに行ったことなど一度もない。断られるのを恐れて、女性をデートに誘ったことがないのだ。そんな奥手な性格なので、当然ながら交際経験もなかった。

「わたしとじゃ、いや？」

志津香が小声でつぶやく。

いつの間にか微笑が消えて、淋しげな表情を浮かべている。そんな顔をされたら断れるはずがない。

「い、いいえ、でも……」

本当に自分でいいのだろうか。

はじめての経験でとまどいながらも浮かれている。だが、どうして志津香が自分を誘ってくれたのか、理由を知りたかった。

「おっ、いい女じゃねえか」

大きな声が聞こえた。その直後、航太朗と志津香の間に、ひとりの男が強引に割りこんだ。

年のころは二十歳前後だろうか。黒のタンクトップに迷彩色のパンツ、髪はポマードでオールバックに固めている。近くにはアロハシャツを着た仲間らしき男が立っていた。

ふたりとも酔っているらしく、足もとがフラフラしている。いかにもチンピラといった感じで、目つきがやけに悪かった。

「お姉さん、美人だね。俺たちと飲みに行こうよ」

男はなれなれしく志津香に語りかける。ヘラヘラ笑いながら、無遠慮に顔をのぞきこんだ。

「わたし、結婚していますから」

志津香が淡々とした声でつぶやく。まるで相手にしていないといった感じの言い方だ。

「へえ、人妻かよ。楽しくなってきたぜ」

人妻とわかっても、男は一歩も引こうとしない。それどころか、ますます執拗にからみはじめた。

「カラオケでもいいよ。遊びに行こうぜ」

「行きません」

「冷たいこと言うなよ。もしかして、こいつが旦那？」

男が航太朗を振り返る。

にらまれると、それだけで尻込みしてしまう。膝が小刻みに震えて、逃げ出したい衝動がこみあげる。

(どうして、こんなことに……)

航太朗は思わず心のなかでつぶやいた。

この手の連中が大の苦手だ。これまでかかわらないように生きてきたが、最悪のタイミングでからまれてしまった。

「会社の後輩です」

「こんなやつ放っておけよ。俺たちと遊ぼうぜ」

男が手を伸ばして志津香の肩に触れる。ジャケットの上からなれなれしく撫でまわした。

「触らないで……」

志津香が顔をうつむかせる。

恐怖に駆られているのかもしれない。身を固くしているのがわかり、なんとかしなければという思いがこみあげた。しかし、それと同時に胸のうちで弱気が頭をもたげる。

(に、逃げないと……)

志津香は会社の先輩だが、とくに親しいわけではない。

自分の身を危険に晒してまで助ける必要があるだろうか。いや、志津香は誰にも相手にされていない自分を飲みに誘ってくれたのだ。そんな彼女を残して逃げるのは最低ではないか。

葛藤が生じて、自問自答をくり返す。

行きついたのはシンプルな考えだ。とにかく、目の前で怯えている志津香を助けたい。親しいかどうかなど関係ない。困っている人を見たら、助けるのが当然ではないか。ただ、それだけだ。

だが、航太朗は腕力に自信がない。どうやっても、チンピラふたりを撃退できると思えなかった。

「早く行こうぜ」

男が志津香の肩に手をまわす。それを目にした瞬間、航太朗は思わず一歩踏み出した。

「て、手を離せ……」

無意識のうちに言い放った。

声が情けなく震えている。恐怖がこみあげて胸のうちにひろがり、早くも後悔の念に駆られていた。

「文句でもあるのか」

男がすごんでにらみつける。志津香から手を離したのはいいが、今度は航太朗に迫ってきた。

「い、いえ……べ、別に……」

航太朗はあとずさりしそうになるのをこらえる。すると、男がワイシャツの胸ぐらをつかんだ。

「おまえ、この女のことが好きなのか？」

そう言われて、内心はっとする。

志津香のことは美人だと思っていたが、恋愛感情は持っていなかった。それどころか苦手なタイプだった。それなのに、今は必死に助けようとしている。そんな自分の行動にとまどい、返事ができなかった。

「おいっ、どうなんだよ。この女が好きなのかって聞いてるんだっ」

男がすごんで、胸ぐらをグラグラと揺さぶる。そして、もう一方の手で拳を握り、振りあげるのが見えた。

(俺は、雨宮さんのことが……)

なにか強い感情が胸のうちにこみあげる。

両足をグッと踏ん張った。目を強く閉じると、伸びあがるようにして男の顔面に頭突きをかました。

「うぐぅッ」

頭頂部に確かな感触があり、男の呻《うめ》き声があたりに響く。男は胸ぐらから手を離すと、顔面を押さえてフラフラとあとずさりした。

「おい、大丈夫か?」

アロハシャツの仲間が慌てて駆け寄った。

「イテテッ……」

航太朗も頭頂部に痛みを感じている。頭突きは決まったが、自分もダメージを受けていた。

「斉藤くんっ」

そのとき、志津香の声が聞こえた。航太朗と目が合ったと思ったら、いきなり走りはじめる。

「逃げるわよ」

「は、はいっ」

慌てて彼女のあとを追いかけた。

志津香は意外なほど足が速い。航太朗はついていくのがやっとだ。これほどの俊足だと知っていたら迷うことはなかった。隙を見て走り出せば、充分に逃げきることができただろう。現にあいつらは追ってこなかった。

「男らしいところあるのね……ありがとう」

前を走る志津香が礼を言う。

航太朗は照れくさくなり、なにも答えることができない。ただ必死に彼女のあとを追いつづけた。

「降ってきたわね」

志津香がぽつりとつぶやくのが聞こえる。

だが、雨は降っていない。不思議に思って空を見あげると、一拍置いて雨粒がポツポツと落ちてきた。

梅雨だから仕方がない。そんなことを思っていると、雨の降り方はどんどん強くなる。このままだと、ずぶ濡れになるのは時間の問題だ。

「これはやばいですね」

「雨宿りしましょう」

志津香はそう言うなり、メインの通りから脇道に入った。

2

あれほど走ったのに、志津香は息ひとつ乱れていない。

航太朗は全身汗だくになっているが、志津香はなにごともなかったように涼しい顔をしていた。

ふだんの物静かな感じと色白の肌からは想像がつかないが、もしかしたら体育会系なのかもしれない。

（それにしても……）

航太朗はとまどいを隠せず、部屋のなかを見まわした。

狭い空間に押しこまれたダブルベッドに、ショッキングピンクの照明が降り注いでいる。バスルームはガラス張りで、なかがまる見えになっていた。ここはラブホテルの一室だ。

志津香が雨宿りをするために駆けこんだのはラブホテルだった。

深い意味はないはずだ。突然の激しい雨で、店を探している暇もなかった。たまたまラブホテルの看板が目についただけだろう。

そして今、航太朗と志津香はダブルベッドの前に立っている。

意識するなというほうが無理な話だ。なにしろ、航太朗は童貞だ。ラブホテルに入るのもはじめてで、胸の鼓動が異常なほど速くなっている。

（ほ、本当に、深い意味はないんだよな……）

極度の緊張状態に陥り、志津香の顔を見ることができない。

飲みに行くはずが、なぜかラブホテルでふたりきりになっていた。顔が火照っており、耳まで熱を持っている。航太朗は赤面していることを自覚して、顔をあげられなくなっていた。

（それにしても……）

ふと疑問が湧きあがる。

そもそも、どうして志津香は航太朗を飲みに誘ったのだろうか。同じ営業部に所属していながら、これまで接点はまったくなかった。先ほどの決起集会では目すら合わなかったのだ。

（それなのに……）

気になって横目でチラリと見やる。

志津香はジャケットの肩についた雨粒をハンカチで払っていた。ショッキングピンクの照明を浴びた姿が艶めかしい。思わず見惚れていると、視線に気づいたのか志津香がこちらを向いた。

「さっきは助けてくれて、ありがとう」

「い、いえ……」

慌てて視線をそらして、再び顔をうつむかせる。

志津香はありがとうと言ってくれるが、冷静に考えると航太朗はなにもしていない。ただチンピラに怯えて、苦しまぎれに頭突きをしただけだ。

「俺は、なにも……」

「そんなことないわ。カッコよかったわよ」

志津香の言葉が耳の奥でこだまする。

褒められると、ますます彼女のことが気になってしまう。なにしろ、女性と一度も交際した経験がないのだ。仕事以外でこうして話をしてくれるだけでも、胸の鼓動が速くなった。

「座りましょうか」

志津香が穏やかな声で告げる。

しかし、この部屋には椅子がない。航太朗が立ちつくしていると、志津香は当たり前のようにベッドに腰かけた。

（い、いいのか？）

ベッドだと思うと躊躇してしまう。

だが、航太朗だけ立ったままなのもおかしい気がする。緊張を押し隠して、さりげなく彼女の隣に腰をおろした。

ところが、無意識のうちに距離が空いてしまう。本当は近くに座りたかったのに、つい遠慮してしまうのは童貞の悲しさだ。結果としてひとり分ほど間が空いていた。

「じつはね、ずっと気になっていたの」

志津香がぽつりとつぶやく。

いったい、なにを言い出したのだろうか。まさか告白されるのだろうか。しかし、彼女は人妻だ。そんなはずはないと自分に言い聞かせる。ろくに話したこともないのに、告白などするはずがない。

そもそも志津香は苦手なタイプだった。美人だが冷たい感じがして、話しづらいと思っていた。それなのに、告白されるかもしれないと思うと、とたんに気になってしまう。

(いやいや、雨宮さんは人妻だぞ)

心のなかで自分に言い聞かせる。

告白のはずがない。そう思うのだが、一度ふくれあがった期待はしぼんでくれない。小さく息を吐き出して、なんとか気持ちを落ち着かせる。そして、彼女の次の言葉をじっと待った。

「斉藤くんが来たときから、ずっと……」

志津香の言葉が鼓膜をやさしく振動させる。

いったんは抑えこんだ期待が、またしてもふくらんでしまう。やはり告白するつもりではないか。航太朗は胸の高鳴りを覚えて、なにを言われても大丈夫なように身構えた。

「東京から来たのよね」

「は、はい……」

緊張のあまり声がかすれてしまう。慌てて唾を飲みこんで、カラカラに渇いた喉を湿らせた。

「斉藤くんは東京の人なの？」

「はい？」

思わず首をかしげる。まったく予想していなかったことを質問されて、とっさに答えられなかった。

「東京で生まれたの？」

「そうですけど……」

どうして、そんなことを聞くのだろうか。

顔をあげると、志津香はこちらをじっと見つめていた。告白をするような雰囲気ではなく、興味津々といった表情だ。

「ここは田舎でしょう。退屈に思うこともあるわ」

「でも、うちは都心部じゃないから……」

「ちょっと興味あるのよね。行ってみたいわ」

「旅行するなら、もっといいところが……」

航太朗は答えながらも、なにかおかしいと感じている。

彼女が気になっているのは航太朗ではなく、東京ではないか。先ほどから質問するのは東京のことばかりだ。

「東京が好きなんですか？」

思いきって尋ねる。

告白されるのかどうか、はっきりさせたい。おそらく勘違いだろう。身構えていたので、答えを聞く前から拍子抜けしていた。

「好きというわけではないけど……」

急に歯切れが悪くなる。志津香はいったん言葉を切ると、ばつが悪そうに視線をそらした。

「この街から出たことがないから、ほかの土地が気になるの」

やはり告白ではなかった。

勝手に勘違いして、ひとりで期待していた。羞恥と落胆がまざり合い、胸にどんよりひろがっていく。志津香の言葉は聞こえているが、もうどうでもよくなっていた。

「東京なんて、別にたいしたことないですよ。住んでしまえば、どこだって同じです」

ついぶっきらぼうな口調になる。期待した反動で落ちこみ、完全にふてくされていた。

「そうかもしれないけど……夫が東京に行ってるの。わたしはついて行けないから、単身赴任なのよ」

夫は商社に勤めており、去年の春から東京本社へ異動になったという。営業成績を認められたらしい。栄転というやつだ。まさに航太朗とは逆のパターンで、うらやましい限りだ。

「すごいですね……でも、だったらよけいに行けるんじゃ？」

嫉妬にも似た感情が湧きあがる。すっかり盛りさがり、そっぽを向いてつぶやいた。

「でも、夫は来なくていい、と。どうも単身赴任先で浮気をしているみたいなの……」

志津香の声のトーンが変化する。

「最近は休日もこっちに帰ってこなくなって、電話をかけても出てくれない。たまに出たと思ったら、誰かといっしょにいる気配がしたり……」

思わず見やると、今にも泣き出しそうな表情になっていた。

（そういうことか……）

ようやく志津香の質問の意図がわかった。

急に申しわけない気持ちになり、心のなかで猛反省する。彼女が東京のことを気にしていたのは、単なる興味本位ではなく、夫の単身赴任や浮気と関係していたのだ。

「でも、浮気とは限らないんじゃ……会社の人といっしょにいたのかもしれませんよ」

なんとか慰めたくてつぶやいた。

志津香の勘違いの可能性もあるのではないか。浮気だと決めつけるのは、まだ早い気がした。

「少し前、興信所に調査を依頼したの」

「こ、興信所……」

思わず息を呑む。本格的な調査をしていたことに驚かされる。依頼をした時点で、夫の浮気をほぼ確信していたのではないか。

「東京に行って確かめたかったけど……。結果はやっぱり浮気をしていたわ」

志津香の表情はひどく淋しげだ。

夫の浮気が確定して、今後どうするつもりなのだろうか。デリケートなことなので、質問するのは気が引ける。興信所に依頼したのは去年なので、志津香としては離婚する気はないのかもしれない。

「つまらない話をして、ごめんね」

志津香が無理に笑みを浮かべてつぶやいた。

「いえ、そんなことは……」

慰めの言葉をかけたいが、なにを言えばいいのかわからない。

なにしろ、女性とつき合った経験すらないのだ。こんなときに慰める言葉を持ち合わせているはずがなかった。

「俺、なんにもできないけど……雨宮さんのこと、応援してます」

直後に間抜けなことを言ったと思う。

彼女は夫に浮気をされて落ちこんでいるのだ。もっと労《いたわ》るような言葉をかけるべきだった。

「ありがとう……」

志津香の声は消え入りそうに小さい。

逆に気を使われている気がする。なにも思いつかないのであれば、黙っていたほうがいい。航太朗は顔をうつむかせて口を閉ざした。

「服、濡れてるわ。乾かさないと皺になってしまうわよ」

志津香が気持ちを切り替えるように立ちあがる。そして、ジャケットを脱ぐと白いブラウス姿になった。

(おおっ……)

唸り声をあげそうになり、ギリギリのところで呑みこんだ。

ブラウスの胸もとが大きくふくらんでいる。今にもボタンが弾け飛びそうなほど張りつめており、ブラジャーのレースがうっすら透けていた。

ふだんの物静かなイメージからは想像がつかない立派なふくらみだ。DカップかEカップか、いや、もっとあるかもしれない。いずれにしても、乳房はかなりのサイズに違いなかった。

てくれた。


「斉藤くんも脱いで」

志津香にうながされて航太朗も立ちあがる。

言われるままジャケットを脱ぐと、それを志津香が受け取ってハンガーにかけてくれた。

「すみません。ありがとうございます」

小声で礼を言うが、胸のふくらみが気になって仕方がない。ついチラチラ見ては、いけないと思って視線をそらすことをくり返した。

「わたしが出かけると、いつも雨が降るの」

志津香がぽつりとつぶやく。

いわゆる、雨女というやつか――。

中学のときも高校のときも、そういえば大学のときも、同じようなことを言う友達がクラスにひとりは必ずいた。自称雨女や雨男はめずらしくない。出先でよく雨が降るらしいが、そもそもどれくらいの確率なのだろうか。

(それって、ただの偶然だよな)

航太朗はまったく信じていない。

空気が悪くなるので口には出さないようにしてきたが、誰かがその手の話をするたび、内心ではまたかと思っていた。

「ズボンも濡れてるわよ」

志津香に言われて、航太朗は自分の下半身に目を向ける。雨のなかを走ったため、路面の水が跳ねたらしい。スラックスの裾から膝のあたりまでが濡れていた。

「干しておくから脱いで」

「い、いえ、下は大丈夫です」

さすがに下着姿をさらすのはまずい気がする。即座に断るが、志津香は引こうとしなかった。

「皺になってしまうわ。早く脱ぎなさい」

「で、でも……」

「なにを恥ずかしがってるの。仕方ないわね」

志津香は目の前にしゃがみこむなり、スラックスに手を伸ばす。そして、ベルトをあっさり緩めてしまう。

「ちょ、ちょっと……」

航太朗は慌てて身をよじる。ところが、志津香はやめようとしない。スラックスのホックをはずすと、ファスナーもジジジッと引きさげる。

「下は本当に大丈夫ですから」

「昔は夫の服も、こうやって脱がしていたの」

志津香が独りごとのようにつぶやいた。

新婚当初のことを思い出しているのかもしれない。そのころは夫婦関係がうまくいっていたのだろう。毎日、夫が帰宅するたび、甲斐甲斐しく服を脱がしていたのではないか。

単身赴任中の夫は浮気をしているが、志津香は別れることは望んでいない。きっと元の仲のよかった夫婦に戻りたいと思っている。だからこそ、昔の楽しかった情景を再現したいのではないか。

「今だけ……いいでしょ？」

志津香がひざまずいたまま、淋しげな瞳で見あげた。

そんな顔で懇願されたら断れるはずがない。航太朗は羞恥を覚えながらも、うなずくしかなかった。

「ありがとう……」

志津香の手により、スラックスがおろされていく。

人に服を脱がされるのは、幼いころ以来だ。グレーのボクサーブリーフが露《あらわ》になると羞恥がこみあげる。

志津香は目の前にひざまずいているため、顔が股間のすぐ近くにあるのだ。どうしても意識して、ペニスがむずむずしてしまう。スラックスをおろすとき、彼女の指先が太腿に触れるのも刺激になる。

（うっ……や、やばい）

懸命に意識をそらそうとするが、童貞の航太朗には厳しい状況だ。ボクサーブリーフのなかのペニスが、ピクッと反応するのがわかった。

（い、今はダメだ……ぜ、絶対に……）

心のなかで己に向かって語りかける。

志津香は夫のことで悩んでいる。せめて今だけは、幸せだったころを思い出したいと願っているはずなのだ。そんなときに勃起するわけにはいかない。彼女の気持ちを踏みにじりたくなかった。

「足をあげて。片方ずつ……そうよ」

志津香のやさしい声が聞こえる。

言われるまま足をあげると、スラックスが完全に抜き取られた。さらに湿っていた靴下まで丁寧に脱がしてくれる。これで下半身は、ボクサーブリーフ一枚だけになった。

（恥ずかしいな……）

急に心細くなり、自然と内股になってしまう。

ふと志津香の視線を意識する。なぜか急に黙りこんで、航太朗の股間見つめていた。

いやな予感がする。

まさかと思って自分の股間を見おろすと、ボクサーブリーフの前がこんもり盛りあがっていた。

「あっ、こ、これは……」

とっさに両手で股間を覆い隠す。

しかし、ペニスが勃起していた事実は変わらない。実際、志津香は硬い表情になっている。呆れているのか、がっかりしているのか、それとも怒りがこみあげているのかもしれない。いずれにせよ、いやな気持ちにさせてしまったのは間違いなかった。

「す、すみません……」

股間を隠したまま謝罪する。

情けない気持ちになるが、とにかく許してもらえるまで頭をさげつづけるしかなかった。

「どうして、こんなになってるの？」

志津香が淡々とした口調で語りかける。そして、航太朗の手首をつかむと、股間から引き剝がした。

「き、緊張してしまって……」

あらためて質問されると、返答に困ってしまう。言葉を濁すが、志津香は納得してくれなかった。

「緊張すると、いつも大きくなるの？」

「そういうわけでは……」

「じゃあ、どうして？」

こうしている間も、志津香の顔は股間のすぐ近くにある。言葉を発するたびに息がかかり、ボクサーブリーフごしに熱さを感じていた。

「あ、雨宮さんに……ド、ドキドキしたから……」

ごまかしたところで解放してもらえない。仕方なく言葉を選んで、本当のことをつぶやいた。

「わたしで興奮してくれたのね」

志津香が航太朗の顔を見あげる。

視線が重なると、なおさら緊張してしまう。航太朗は頬の筋肉がひきつるのを自覚しながらうなずいた。

「そう……」

意外にも志津香は唇の端に微笑を浮かべる。そして、ボクサーブリーフのふくらみに手のひらを重ねた。

3

「うっ……」

手の温もりを感じて、思わず小さな声が漏れる。

ボクサーブリーフの上からでも、彼女の手のひらの柔らかい感触がしっかり伝わっている。

「な、なにを……」

困惑して身動きが取れない。ペニスはますます硬くなるが、なにが起きているのか理解できなかった。

「わたしのせいなら、わたしが責任を取らないといけないわね」

志津香はささやくような声で言うと、ボクサーブリーフごとペニスをそっと握る。そして、硬さを確かめるように、指をニギニギと動かした。

「くうっ……」

竿を刺激されて、またしても声が漏れてしまう。

軽く握られただけだが、童貞の航太朗にとっては強烈な感覚だ。快感がひろがり、早くも先端から我慢汁がジュブッと溢れるのがわかった。

「染みができてるわよ」

指摘されると、腹の底から羞恥がこみあげる。しかし、それと同時に興奮もふくれあがり、ペニスがビクンッと反応した。

「こんなに硬くして……ビクビクしてるわよ」

志津香はたまらなそうにつぶやき、ついにボクサーブリーフも引きさげる。とたんに勃起した肉棒が勢いよく跳ねあがった。

「わっ、ちょ、ちょっと……」

反射的に両手で覆い隠すが、またしても引き剝がされてしまう。

カウパー汁で濡れた亀頭と青スジを浮かべた太幹が露になり、航太朗は思わず身をよじる。すると、屹立したペニスがプルプル揺れて、恥ずかしさに拍車がかかった。

「ああっ、逞しいのね」

志津香が目を細めて、ため息まじりにつぶやく。そして、陰毛を押さえつけるように、太幹の根もとに両手を添えた。

「まっ赤になっちゃって、恥ずかしいの？」

問いかけられても、答えることができない。激烈な羞恥がひろがり、全身が燃えるように熱くなっていた。

「もしかして、女の人に見られるの、はじめて？」

再び志津香が質問する。目の前にしゃがみこんだまま、ペニスと航太朗の顔を交互に見やった。

「……童貞なの？」

「は、はい……」

消え入りそうな声でかろうじて答える。

その直後、正直に言う必要はなかったと思う。しかし、性器を晒しているせいか、すべてを見透かされている気分だ。とてもではないが、この状況で見栄を張る余裕などなかった。

「そう、はじめてなのね」

志津香がニヤリと笑った気がする。

だが、ほんの一瞬のことで、すぐに顔を伏せてしまう。そして、赤い唇を亀頭に寄せた。

「このにおい、久しぶりだわ」

大きく息を吸いこんで、うっとりした表情を浮かべる。

亀頭はカウパー汁にまみれており、強烈な生ぐささを放っているはずだ。それなのに、志津香は鼻先を寄せて深呼吸をくり返す。

「く、くさいですよ」

「そんなことないわ。男の人のにおい、好きなの」

彼女が言葉を発するたび、熱い息が亀頭に吹きかかる。それだけで快感がひろたり、新たな我慢汁が染み出した。

「ンっ……」

ピンク色の舌先をのぞかせたと思うと、亀頭の裏側をペロリと舐めあげる。裏スジをくすぐられて、ゾクゾクするような感覚が走り抜けた。

「くううッ」

思わず声が漏れてしまう。

もちろん、ペニスを舐められるのなど、はじめての経験だ。柔らかい舌がはいまわり、唾液をたっぷり塗りつける。ヌメヌメと滑る感触が心地よくて、無意識のうちに腰をよじらせた。

「気持ちいい？」

問いかけられても答える余裕などない。志津香は上目遣いに見つめながら、さらに舌を這いまわらせる。航太朗は全身を硬直させて、亀頭にひろがる快感に耐えていた。

「男の人の味がするわ。ああンっ、興奮しちゃう」

志津香が執拗に亀頭を舐めまわす。そして、ついには唇を開いて、ペニスの先端をぱっくり咥えこんだ。

「そ、そんな……うううッ」

カリ首に柔らかい唇が密着する。キュウッと締めつけられて、新たな我慢汁がどっと溢れ出す。

「ンンンッ」

志津香はすかさず喉を鳴らして嚥下すると、舌の先端で尿道口をくすぐりはじめる。さらなる快感を送りこみながら、太幹を少しずつ呑みこんでいく。いっさい躊躇しないところを見ると、志津香が慣れているのは間違いない。唇が滑ることで、航太朗の腰にブルルッと震えが走った。

「そ、そんなことされたら……」

己の股間を見おろせば、志津香がペニスを咥えている。しかも、視線が重なることで、快感が一気にふくらんだ。

(あ、雨宮さんが……フェ、フェラチオを……)

心のなかでつぶやくと、さらに気分が高揚する。

いつか経験したいと思っていたことが、現実になっているのだ。しかも、相手は会社の美しい先輩だ。いつもの白いブラウスにグレーのタイトスカートという服装が、なおさら興奮をかきたてた。

「ンっ……ンっ……」

志津香が首をゆっくり振りはじめる。

鼻にかかった声を漏らしながら、太幹の表面を唇で擦りあげていく。根もとまで呑みこんでは、カリ首まで後退することをくり返す。そうすることで、これまで経験したことのない快感の波が次々と押し寄せた。

「ううッ、も、もうダメですっ」

思わず前屈みになり、慌てて訴える。

しかし、志津香は決してペニスを放そうとしない。舌も使って舐めまわし、首を振るスピードをアップする。

「あふッ……はむッ……あふンッ」

「ほ、本当にダメですっ、くううッ」

これ以上は耐えられそうにない。

なにしろ、航太朗は童貞だ。はじめてのフェラチオで、ペニスが蕩けそうな快楽に襲われている。すでにオナニーの快感をとうに越えており、暴発するのは時間の問題だ。

「で、出ちゃいますっ」

腰を引いて情けない声を漏らす。

ところが、志津香は両手を航太朗の尻たぶにまわしこむなり、グッと引き寄せる。ペニスを根もとまで咥えこむと、頬がぼっこりくぼむほど猛烈な勢いで吸いあげた。

「はむううッ」

「うわあッ、で、出るっ、おおおッ、おおおおおおッ！」

経験のない航太朗はひとたまりもない。大きな声をあげながら、思いきり精液を噴きあげてしまう。熱い口腔粘膜に包まれた状態で吸い出されて、頭のなかがまっ白になるほどの快楽が突き抜けた。

「おおおッ、おおおおおッ」

もう意味のある言葉を発することもできない。ただ快楽に溺れて、志津香の口内に欲望を放出しつづけた。

4

「すごく濃いわ……」

志津香はようやくペニスを吐き出すと、指先で唇をそっと拭った。

驚いたことに、彼女は大量の精液をすべて飲みほした。注ぎこむそばから喉をコクコク鳴らして、さもうまそうに嚥下したのだ。

「ねえ、まだできるでしょう？」

ゆっくり立ちあがると、志津香が濡れた瞳で見つめる。そして、右手で竿を握りしめた。

「ううッ……」

思わず声が漏れて、膝がガクガク震えてしまう。

射精直後で敏感になっている。ペニスを軽くしごかれただけで、鮮烈な刺激が脳天まで突き抜けた。

「まだこんなに硬いわ。若いって素敵ね」

志津香は目を細めて、航太朗の顔を見つめる。

会社では無口だが今夜は饒舌だ。目の下を桜色に染めて、唇の端に妖しげな笑みを浮かべている。航太朗が悶えるのを楽しむように、ペニスをゆったりしごきつづける。

「も、もう……ダ、ダメです」

「またイッちゃいそうなの？」

志津香がいたずらっぽい笑みを浮かべる。そして、あっさりペニスから手を放した。

「まだイッたらダメよ」

なにをするのかと思えば、航太朗のネクタイをスルスルとほどき、ワイシャツのボタンを上から順番にはずしていく。

(も、もしかして、これから……)

この状況で期待せずにはいられない。

フェラチオしてもらったことで、もっと体験できるかもしれないと思ってしまう。最初に抱いていた苦手意識はすっかり薄れている。どうせなら最後までいきたい。童貞を卒業したいと願っていた。

ワイシャツを脱がされて、航太朗は裸になる。そのまま志津香に誘導されるがままに、ベッドの上で仰向けになった。

「わたしも……」

志津香はベッドの前に立ち、ブラウスをゆっくり脱いでいく。

ショッキングピンクの照明が、より雰囲気を盛りあげる。ブラウスにつづいてタイトスカートを脱ぎ去ると、ストッキングをじりじりおろして、つま先から抜き取った。

これで志津香が纏っているのは白いレースのブラジャーとパンティだけだ。たっぷりした乳房が、ブラジャーのカップで寄せられて見事な谷間を形成している。腰はしっかりくびれており、艶めかしいS字のラインを描いていた。パンティが貼りついた恥丘は、こんもり盛りあがっている。

人妻の匂い立つような色香が部屋にひろがっていく。

志津香は航太朗の顔を見おろしたまま、両手を背中にまわしてホックをはずすとブラジャーを取り去った。

たっぷりした双つの乳房が、プルルンッとまろび出る。柔らかく揺れているのに張りがある。まるでメロンのようにまるまるとしており、身じろぎするたびにタプタプ弾んだ。

透明感のある白い肌の頂点には、淡いピンクの乳首が載っている。乳輪の色はさらに淡く、どこか儚《はかな》い感じがした。

(雨宮さんの、お、おっぱい……)

航太朗は仰向けの状態で、思わず首を持ちあげて凝視する。

女性の乳房をナマで見るのは、母親以外はこれがはじめてだ。雑誌やインターネットで見るのとは迫力がまるで違う。欲望を直接刺激して、勃起しているペニスがますます硬くなった。

「そんなに見られたら、穴が開いちゃうわ」

志津香がつぶやき、航太朗を甘くにらみつける。

しかし、気分を害したわけではないらしい。ほっそりした指をパンティにかけると、躊躇することなくおろしていく。

パンティのウエスト部分がじりじりさがり、恥丘が少しずつ露になる。やがて漆黒の陰毛がふわりと溢れ出す。とくに形を整えたりはしておらず、自然な感じで茂っている。

志津香は前屈みになると、片足ずつ持ちあげてパンティをつま先から抜き取った。ついに一糸まとわぬ姿になり、神々しいまでの裸体がショッキングピンクの光に照らし出される。

(こ、これが……あ、雨宮さん……)

航太朗は完全に圧倒されて、瞬きするのも忘れていた。

まさか志津香の裸を見る日が来るとは思いもしない。美しい人だという認識はあったが、自分とは接点がほとんどなかった。なにより、彼女は人妻だ。夫以外の男に肌を晒すことがあってはならないはずだ。信じられないことが現実になっていた。

「ど、どうして、俺なんかと……」

航太朗の声は情けないほどかすれている。

なにが起きているのか理解できない。今さらながら、彼女の行動に疑問が湧きあがった。

「夫は抱いてくれないから……」

志津香の淋しげな顔を目にして、悪いことを聞いてしまったと反省する。ところが、その直後、彼女の口もとに笑みが浮かんだ。

「それに、斉藤くん、童貞なんでしょう？」

熱い視線をペニスに向けられて、航太朗は思わず内股になった。

まだ快楽の余韻が色濃く残っている。どうして志津香はフェラチオをしてくれたのだろうか。そもそも、雨でずぶ濡れになったとはいえ、航太朗をホテルに連れこんだのも不自然だ。

（もしかして、最初から……）

こういうことをするつもりで、ふたりきりになったのではないか。

ふとそんな気がするが、今はそれどころではない。なにしろ、志津香は目の前で裸になっているのだ。ベッドにあがると、仰向けになっている航太朗に這い寄った。

「斉藤くんのはじめて、もらってもいいかな？」

「そ、それは……」

断る理由はない。むしろ、お願いしたいくらいだ。しかし、それを口に出すのは憚られる。結局、なにも言えずに黙りこんだ。

「まだ大きいままなのね」

「す、すみません……」

「いいのよ。素敵だわ」

志津香は楽しげにつぶやくと、航太朗の股間にまたがった。

（こ、これは……）

両膝をシーツにつけた騎乗位の体勢だ。

志津香は両手を航太朗の腹に置き、濡れた瞳で見おろしている。屹立したペニスの真上に、彼女の股間が迫っていた。

これからどうなるのか、童貞の航太朗でも想像がつく。いやがうえにも期待がふくらみ、ペニスもさらにひとまわり大きくなる。亀頭は破裂しそうなほど膨張して、太幹はミシミシと軋むほど張りつめた。

「ねえ、見て……」

志津香が膝立ちの状態で、下腹部を突き出す。上半身を軽く反らして、股間の奥を見せつける格好だ。

航太朗の視線は自然と彼女の股間に吸い寄せられる。そして、白い内腿の間を凝視した。

「おっ……おおっ」

思わず両目を見開き、低い声で唸る。

鮮やかなサーモンピンクの陰唇がはっきり見えた。はじめてナマで目にする女性器だ。しかも、剝き出しになっている女陰は、たっぷりの華蜜でヌラヌラと濡れ光っていた。

「わたしのここ、どうなってる？」

「ぬ、濡れてます……」

もはや女陰から目をそらせない。首を持ちあげて見つめたまま、かすれた声でつぶやいた。

「どうして濡れているのか、わかる？」

志津香の右手がペニスに伸びる。

白くてほっそりした指で、黒光りする太い竿をそっとつかむ。そして、亀頭を膣口へと導いた。先端が陰唇に軽く触れる。それだけで、ニチュッという湿った蜜音が室内に響きわたった。

「うっ……」

航太朗は反射的に全身を硬直させる。

ペニスと女性器が触れていると思うだけで、興奮が瞬《また》く間にふくれあがる。気を抜くと暴発しそうだ。しかし、このチャンスを逃したら、いつ童貞を卒業できるかわからない。理性の力を総動員して射精欲を抑えこんだ。

「童貞くんを食べたくて、すごく興奮しているの。だから濡れているのよ」

志津香が卑猥にささやき、腰をゆっくり落としはじめる。

ペニスの先端が二枚の陰唇に圧迫されて、期待と緊張、それに興奮がふくらんでいく。無意識のうちに息をとめて身構える。すると次の瞬間、亀頭が膣口にヌルリッとはまりこんだ。

「ああンっ」

志津香の唇から甘い喘ぎ声が溢れ出す。顎を跳ねあげると、たまらなそうに腰をくねらせた。

「くうぅッ」

航太朗は慌てて尻の筋肉に力をこめる。

亀頭が熱い粘膜に包まれた直後、膣口がキュウウッと締まってカリ首を絞りあげた。これまで経験したことのない強烈な刺激だ。いきなり快感の大波が押し寄せて、射精欲が爆発的にふくれあがる。

（す、すごいっ……うううッ）

奥歯を食いしばり、腹のなかで唸った。

とっさに両手でシーツを握りしめて、なんとか射精欲を抑えこむ。ギリギリのところで耐えるが、膣襞が亀頭の表面を這いまわり、新たな快感を次から次へと生み出していた。

（セ、セックス……俺、セックスしてるんだっ）

ついに童貞を卒業したのだ。興奮と歓喜がこみあげて、我慢汁がどっと噴きあがる。

（やった……やったぞ）

快感に耐えながら、心のなかで何度も叫んだ。

まさか今日、はじめてのセックスを経験するとは思いもしなかった。己の股間に視線を向ければ、確かにペニスの先端が膣口に埋まっている。溢れた愛蜜が太幹にトロトロと垂れていた。

「はああンっ、大きいわ」

志津香が甘い声でささやき、さらに腰を落としこむ。濡れそぼった女穴は、抵抗なく太幹を受け入れる。ペニスがズルズルと呑みこまれて、ついには根もとまで完全につながった。

「くううッ、き、気持ちいいっ」

とてもではないが黙っていられない。

なにしろ、はじめてのセックスだ。溶鉱炉のような女壷にペニスが吸いこまれて、華蜜まみれの膣壁が密着している。蕩けそうな愉悦が湧きあがり、全身へとひろがった。

「全部入ったわ……はあンっ」

志津香がため息まじりにつぶやき、濡れた瞳でじっと見つめる。

視線が重なるだけで、ペニスに受ける快感が倍増した。まだ挿れただけだというのに、我慢汁がドクドク溢れてとまらなくなる。これで動かれたらどうなってしまうのだろうか。

「ううッ……あ、雨宮さんっ」

じっとしていても快楽に呑みこまれてしまう。

いくら初体験とはいえ、挿入しただけで達してしまうのは格好悪い。快感から少しでも気持ちを紛らわせようと、恐るおそる両手を伸ばして双つの乳房を揉みあげた。

「あンっ……」

志津香が小さな声を漏らして目を細める。

勝手に触れたが、とくに気を悪くした様子はない。それどころか、少し前屈みになり、航太朗が触りやすくしてくれた。

(や、柔らかい……こんなに柔らかいんだ)

軽く力を入れるだけで、指先がいとも簡単に沈みこんでいく。

女性の乳房がこれほど柔らかいとは知らなかった。男の体ではあり得ない感触だ。奇跡のような柔らかさに感動して、大きな乳房を揉みつづける。何時間でもこうしていたいほど心地よかった。

「ふふっ……おっぱいが好きなのね」

志津香がささやき、上半身をくねらせる。すると、乳房が挑発するようにフルフル揺れた。

(い、いいのか?)

迷いはあるが、欲望のほうが勝っている。

乳房の柔らかさが興奮を誘い、先端で揺れる乳首が気になって仕方がない。ここまで来たら、もう抑えることはできない。指先を丘陵の頂に滑らせると、双つの乳首をそっと摘まみあげた。

「はあンっ」

志津香の身体がピクッと反応する。

その直後、柔らかかった乳首がどんどん硬くなっていく。人さし指と親指で慎重に転がすと、乳輪まで充血してドーム状に隆起した。

(雨宮さんの乳首が、こんなに……)

気持ちを紛らわせるための行為が、逆に興奮を煽り立てる。

勃起した乳首を転がすことで、ペニスはさらに硬くなり、膣のなかで大量の我慢汁を放出した。

「なかでピクピクしてるわ」

志津香がうれしそうにつぶやき、腰をゆったりまわしはじめる。

ペニスを根もとまで呑みこんだ状態で、臼を引くような動きだ。互いの陰毛が擦れ合って、シャリシャリと乾いた音を立てる。それと同時にペニスが膣壁で揉みくちゃにされて、湿った音が重なった。

「ううッ、き、気持ちいいっ」

鮮烈な快感が股間から脳天まで突き抜ける。

緩やかな動きでも、はじめての航太朗には刺激が強い。いきなり射精欲がふくれがり、慌てて全身の筋肉に力をこめた。

「ああンっ、硬い……斉藤くん、素敵よ」

志津香がうっとりした声でつぶやき、腰の回転を大きくする。ペニスがねちねちとこねまわされて、さらに快感が大きくなった。

（す、すごい、このままだと……）

あっという間に達してしまいそうだ。

すでにオナニーの快感を凌駕している。膣のなかで我慢汁が溢れつづけて、太幹が小刻みに震えていた。

「ああっ、いいわ……あああっ」

志津香も感じているのは間違いない。喘ぎ声が大きくなり、愛蜜の量も増えている。結合部分はお漏らしをしたようにぐっしょり濡れて、ペニスがヌルヌルと滑っていた。

「ううぅッ、お、俺、もう……」

「まだよ。もう少し我慢して」

志津香がささやいた直後、腰の動きが変化する。

尻を上下に弾ませることで、ペニスが膣に出入りをくり返す。膣道でしごきあげられて、爆発的に射精欲がふくれあがった。

「くううッ、す、すごいっ」

なんとか耐えようとするが、自分の手でしごくのとは比べものにならない快感だ。濡れ襞がウネウネと蠢《うごめ》いて、未知の刺激を送りこんでくる。自然と腰が浮きあがり、気づくと股間を突きあげてしまう。

「ああンっ、奥まで来ちゃう」

志津香が甘い声を漏らして、腰の動きを加速させる。尻をリズミカルに上下させることで、大きな乳房がタプタプ弾んだ。

「ううぅッ、き、気持ちいいっ」

たまらず呻き声が溢れ出す。愉悦の大波が押し寄せて全身を包みこむ。懸命にこらえるが、毛穴という毛穴が開いて大量の汗が噴き出した。

「あぁッ……あああッ」

志津香が黒髪を振り乱しながら、腰を激しく上下させる。快感はどんどんふくれあがり、瞬く間に臨界点を突破した。

「くおおおッ、も、もうダメですっ」

これ以上は我慢できない。航太朗は呻きまじりに訴えると、股間をさらに突きあげた。

「はあああッ、い、いいいっ」

艶めかしい声と同時に、膣道がキュウッと収縮する。

ペニスが思いきり絞りあげられて、航太朗の腰がガクガクと震え出す。これまで経験したことのない愉悦が突き抜ける。頭のなかがまっ白になり、無我夢中で腰を跳ねあげた。

「おおおおッ、で、出るっ、出る出るっ、くおおおおおおおッ！」

自分の声とは思えない雄叫びがほとばしる。女壺の奥でペニスが暴れて、大量の精液が勢いよく尿道を駆け抜けていく。かつて経験したことのない悦楽が全身にひろがり、わけがわからないまま絶叫した。

「き、気持ちいいっ、ぬおおおおおおッ！」

「ああああッ、い、いいっ、はあああああああッ！」

熱い精液を膣奥で受けとめて、志津香も艶めかしい声を響かせる。

くびれた腰がくねり、大きな乳房がタプタプ弾む。根もとまで呑みこんだペニスを思いきり締めつけて、裸体を弓なりに仰け反らした。

5

志津香が絶頂に達したのかどうかはわからない。

だが、航太朗は二十三年の人生で間違いなく最高の快感を体験した。

脳髄まで沸騰したのかと思うほどの凄まじい愉悦にまみれて、睾丸のなかが空になるまで射精をつづけた。そして、最後の一滴まで放出すると、全身から力が抜けて四肢をシーツに投げ出した。

「ああンっ、すごいわ……」

志津香がうっとりした表情でつぶやき、腰をねちっこくまわす。

まだペニスは膣に入ったままなので、愛蜜と精液がまざり合ってグチュグチュという湿った音を響かせた。

「やっぱり童貞はおいしいわ」

志津香がつぶやき、上半身をそっと伏せる。

乳房が胸板に押し当てられて、プニュッとひしゃげた。そして、両手で航太朗の頬を挟みこむと、いきなり唇を重ねた。

「はンンっ……」

志津香の鼻にかかった声とともに、甘い吐息が注ぎこまれる。

口内をねっとり舐めまわされて、舌をやさしくからめとられた。粘膜同士がヌルヌル擦れ合うことで、妖しげな感覚がひろがっていく。まるで味わうように唾液ごと舌を吸いあげられた。

これが航太朗のファーストキスだ。

まさか、はじめてのキスが、これほど濃厚なディープキスになるとは思いもしない。絶頂の余韻に浸る間もなく口内を隅々までしゃぶられる。さらには唾液をトロリと口移しされて、条件反射で嚥下した。

（どうして……）

今さらながら疑問が湧きあがる。

どういうわけか、志津香と濃厚な口づけを交わしている。情熱的に舌をからめては、何度も唾液を交換した。

どうして、こんなことになったのだろうか。

仮にも彼女は人妻だ。夫は単身赴任中で浮気をしているらしい。それでも、航太朗を誘った理由がわからなかった。

第二章　シャワーを浴びたら

1

この日も航太朗は住宅街を歩いていた。

強い日差しが照りつけるなか、朝からウォーターサーバーの飛びこみ営業をつづけていた。

「暑いなぁ……」

つい愚痴を漏らして、青空に浮かぶ太陽を見あげる。

汗にまみれたワイシャツが、胸板に貼りつくのが不快でならない。指で摘まんで引き剝がすが、またすぐに密着してしまう。

（今日もまたダメなのかな……）

ふと弱気が頭をもたげる。

すでに何軒も訪問しているが、まともに話すら聞いてもらえない。インターホンごしに挨拶するだけで、門前払いの連続だ。まだ一軒も玄関ドアを開けることができていなかった。

とにかく、一軒でも多くの家をまわるしかない。そうすれば、いずれ契約が取れて、営業成績はアップするはずだ。

これまで、そう自分に言い聞かせてがんばってきた。しかし、さすがに心が折れかかっている。このやり方で成績が残せなかったから、地方支店に飛ばされたのだ。

（俺のやり方がまずいのか？）

そんな気もしているが、なにが悪いのかわからない。

営業部の先輩に教えを乞うべきだろうか。だが、全員が営業成績を競うライバルでもある。それぞれが独自のノウハウを持っているが、そう簡単に教えてくれる人はいないだろう。

（でも、雨宮さんなら……）

脳裏に志津香の顔が浮かんだ。

肉体関係を持ってから三日が経っている。翌日、会社で顔を合わせたときは気まずかったが、志津香の態度はいつもと変わらなかった。

だが、視線が重なることが増えていた。志津香は相変わらずクールでにこりともしないが、それでも意識しているのではないか。言葉を交わしたわけではないが、ほんの少しだけ距離が縮まった気がした。

(さてと、どんどん行かないと……)

のんびりしている暇はない。

会社に戻ったら営業日報を書く決まりだ。たとえ契約は取れなくても、どこの家で直接会って話をしたのか報告しなければならない。玄関ドアを開けてもらえたということは、次につながる可能性がある。それらの資料が、次回の営業で参考になるのだ。

しかし、今日はまだ一度もまともに営業ができていない。とにかく、玄関ドアを開けてもらわないと、営業日報に書くことがなかった。

時刻は午後二時をまわっている。

焦りが濃くなってきた。額に滲んだ汗をハンカチで拭うと、住宅街を奥のほうまで進んでみる。これまで足を運んだことのない地域だ。緩やかな坂を登っていくと、これまでとは明らかに雰囲気が変化した。

車の通りが少なくなって、心なしか空気もきれいになった気がする。高い塀に囲まれた家が多くなり、監視カメラもちらほら目につく。どうやら、高級住宅街に足を踏み入れたらしい。

こういう地域はすでにウォーターサーバーを導入している家が多い。そのため営業をかけなかったのだが、試しにアタックしてみようと思う。どうせなら、いちばん大きな家にしようと、住宅街をさらに奥まで進んだ。

高台に生垣が延々とつづいている場所がある。

とても個人宅とは思えないが、正面には立派な数寄屋門があり「水田《みずた》」と書かれた表札が出ていた。

（すごいな……）

思わず圧倒されてしまう。

これほど大きな家に営業をかけたことはない。ここに立っているだけでも、場違いな気がして緊張してしまう。相手にされないと思うが、ここまで来たのだから帰ってしまうのはもったいない。

（よし、ダメもとで……）

深呼吸して気持ちを落ち着かせると、震える指を伸ばしてインターホンのボタンをそっと押した。

ピンポーンッ――。

静かな住宅街に電子音が響きわたる。

その音だけで、なおさら緊張が高まってしまう。思わず背すじを伸ばして、インターホンのカメラを見つめた。

「はい……」

やがてスピーカーから女性の声が聞こえた。

「わ、わたくし、ネクストアクアの斉藤と申します。本日はウォーターサーバーのご案内をしております」

航太朗は緊張で硬くなりながらも、お決まりの挨拶をする。そして、インターホンに向かって頭を深々とさげた。

「律儀な方ですね……ふふっ」

穏やかな声と微かな笑い声が聞こえる。

第一印象は悪くないようだ。もしかしたら、ドアを開けて話を聞いてもらえるかもしれない。そう思うと、とたんに意識して肩に力が入ってしまう。

「あ、あの、ウォーターサーバーはお使いでしょうか。ぜひ、お話しだけでもさせていただきたいのですが……」

緊張のあまり、言葉が出なくなってしまう。それでも、なんとかしたくて、再び腰を折って頭をさげた。

「一カ月の無料モニターもあります。どうか、それだけでも……」

「では、せっかくですから、玄関まで来ていただけますか」

女性の柔らかい声が、鼓膜をやさしくくすぐる。まるで天使のささやきのような気がして、一気にテンションがあがった。

「は、はいっ、ありがとうございます」

思わず大きな声で礼を言う。

まだ契約が決まったわけではない。ただ話を聞いてもらえるだけだが、インターホンで門前払いされなかったのがうれしかった。

恐るおそる門を開けると、見事な日本庭園がひろがっていた。

飛び石がつづいており、その先には歴史を感じさせる母屋が見える。黒光りする瓦屋根が特徴的な平屋で、どっしりとした風格が漂っていた。

(すごいな……)

気圧されながらも奥へと進んでいく。

ふと庭に視線を向けると、大きな池がある。鯉でもいるのか、ときおり水面に波紋がひろがっていた。

まさに豪邸と呼ぶにふさわしい邸宅だ。それでいながら、縁側の前に設置された物干し竿には、大量の洗濯物が干してある。それが妙に庶民的な感じがして意外だった。

母屋の前に到着すると、ちょうど玄関の引き戸がガラガラと開いた。

「こんにちは」

顔をのぞかせたのは、三十台なかばと思しき女性だ。

柔らかい笑みを浮かべて、航太朗の顔を見つめている。これまで航太朗が接したことのない、いかにも上品そうな女性だ。どこかおっとりした雰囲気も漂っており、ほんの少し緊張が和らいだ。

(きれいな人だなぁ……)

その場に立ちつくして、ぼんやり眺めてしまう。いつしか、やさしげな瞳に吸いこまれそうな錯覚に陥っていた。

彼女はサンダルを履いており、薄緑のフレアスカートに白いノースリーブのブラウスを着ている。剝き出しのなめらかな白い肩を、セミロングの黒髪が撫でていた。

高貴な空気を纏っているが、嫌みな感じはまったくしない。髪をかきあげる仕草ひとつ取っても、育ちのよさが伝わってきた。

「あの……」

彼女のとまどった声を聞いて、はっと我に返る。あまりにもきれいなので、つい見惚れてしまった。

「し、失礼しました。わたくし——」

航太朗は名刺を取り出すと、あらためて挨拶する。

「斉藤航太朗さん、ですね」

女性は名刺を受け取り、ひとりごとのようにつぶやいた。

「わたしは——」

彼女はあらたまった感じで頭をさげて挨拶する。

女性の名前は水田佳澄《かすみ》。営業先で自己紹介されるのは、今回がはじめてだ。このご時世に無防備な気もするが、こちらの地方ではまだこういう人間関係が残っているのかもしれない。

「ご丁寧にどうも……先ほども申しあげましたが、ウォーターサーバーの営業を行なっておりまして――」

玄関先でさっそく商品の説明をはじめる。そのとき、なにかが地面に落ちるパラパラという音がした。

(なんだ?)

不思議に思って振り返る。

すると、大粒の雨が降っていた。しかも、かなりの激しさだ。突然の大雨に驚き、思わず空を見あげる。すると、つい先ほどまで晴れ渡っていたのに、灰色の雲がひろがっていた。

「あら、すごい雨」

佳澄も玄関の軒下まで出てくると、雨粒が落ちてくる空に視線を向ける。整った横顔にまたしても見惚れそうになり、航太朗は慌てて顔をそむけた。

「あっ!」

そのとき、洗濯物が目に入った。縁側の前に設置された物干し竿に、大量の洗濯物が揺れていた。

「奥さんっ、洗濯物！」

「まあ、大変っ」

佳澄はすっかり忘れていたらしい。慌てて航太朗の手をつかむと、庭に向かって走り出した。

「えっ、あ、あの……」

「やだ、わたしったら、ごめんなさい。手伝ってもらえますか」

佳澄は自分の行動に驚きながらも助けを求める。

「は、はいっ」

航太朗は走りながら返事をする。

もちろん、この状況では断れない。こうしている間も雨脚は強まっている。

あっという間にずぶ濡れになってしまうだろう。とにかく、ふたりがかりで大量の洗濯物を縁側に取りこんだ。

「助かりました。ありがとうございます」

佳澄がほっとした顔で礼を言う。そして、深々と頭をさげた。

「別にたいしたことは……」

「お茶を入れますから、あがってください」

「いや、でも……」

さすがに家にあがるのは気が引ける。遠慮したかったが、佳澄は引こうとしなかった。

「ほら、セールスのお話もあるのでしょう?」

そう言われて、思い直す。

佳澄はウォーターサーバーに興味を示している。もしかしたら、久しぶりに契約を取れるかもしれない。

「で、では……」

せっかくなのでお邪魔することにする。

佳澄に連れられて玄関にまわり、恐縮しながら家にあがった。古い家なのは間違いないが、掃除が行き届いている。板張りの廊下は塵ひとつなく、ピカピカに磨きあげられていた。

「こちらにどうぞ」

長い廊下を進み、先ほどの縁側の前にある居間に通される。座布団を勧められて正座をした。

「これを使ってくださいね。少々お待ちください」

タオルを渡すと、佳澄は丁寧にお辞儀をして居間から出ていった。

航太朗は濡れた髪と服を拭き、居間のなかに視線をめぐらせる。

床の間に高価そうな壺があり、枯山水の描かれた掛け軸がかかっていた。ふと見あげれば、欄間には松や桜の繊細な彫刻が施されている。目の前の座卓は一枚板で重厚感があった。

(すごい家だな……)

ただただ圧倒されてしまう。

いったい、どんな仕事をすれば、こんな家に住めるのだろうか。航太朗が今の会社でどんなにウォーターサーバーを売ったところで、これほどの豪邸を手に入れることはできないだろう。

「お待たせしました」

しばらくして、佳澄は戻ってくる。お盆を手にしており、麦茶の入ったコップがふたつと饅頭が載っていた。

佳澄は座卓を挟んだ向かい側に腰をおろすと、麦茶と饅頭を出してくれる。それを見て、思わず腹がキュウッと鳴った。

「す、すみません……」

慌てて腹を押さえるが、音は間違いなく聞こえていた。

羞恥で顔が熱くなる。考えてみれば、今日は朝から歩きまわって、なにも食べていなかった。

「お腹が空いてるのですか」

「昼を食べ損ねてしまって……失礼しました」

「お忙しいのですね。暑いなか、お疲れさまです。お饅頭でよければ、たくさんありますので食べてください」

佳澄はそう言って、とりあえず自分の分の饅頭を差し出してくれた。

「い、いいえ、お構いなく……」

失敗したと思い、額に汗がじんわり滲んでしまう。とにかく、営業トークをはじめようと、気持ちを引き締めて背すじを正す。そして、バッグのなかからパンフレットを取り出した。

「弊社で取り扱いしているウォーターサーバーのパンフレットです。どうぞ、ごらんください」

座卓の上に差し出すと、佳澄は真剣な顔でページをめくる。

「ウォーターサーバーって、最近よく聞きますけど、どういうものかよくわからないんです」

「ウォーターサーバーの機械を置いていただいて、水のタンクを定期的にお届けする形になります」

「水道のお水とは違うのですか？」

「弊社では天然の湧水を使っております。ミネラルが豊富に含まれていて体によく、まろやかでおいしいです。それに冷水と温水が瞬時に出ます。お茶を飲むときなど、お湯を沸かす手間がかからないんです」

「お茶がすぐに飲めるのは、いいですね。でも、場所を取るのよね。どこに置こうかしら」

佳澄はそう言いながらパンフレットを眺めている。

「機械はそれほど大きくないです。高さはありますけど、じつは面積はＡ４サイズしかないんです」

「それなら台所に置けますね」

「はい、意外と場所は取らないんです。いかがでしょうか。きっと気に入っていただけると思います。万が一、お気に召さない場合でも、解約はいつでもできるので、一カ月、試しに置いてもらえませんか」

ここぞとばかりに、たたみかける。このチャンスを逃したら、契約はできない気がした。

「そうね。せっかくだから、お願いしてみようかしら」

佳澄がつぶやいた瞬間、心のなかでガッツポーズをする。

まさか、はじめて訪問した家で、これほど短時間の説明で契約が取れるとは思いもしなかった。

もともと佳澄はウォーターサーバーが気になっていたようだ。突然の雨で、洗濯物の取りこみを手伝ったお礼のつもりなのかもしれない。とにかく、さまざまな条件が重なり、契約につながった。

「で、では、書類の作成に入りたいと思います」

彼女の気が変わらないうちに、契約書にサインしてもらいたい。急いでバッグから書類を取り出した。

再び丁寧に説明をして、納得してもらったうえで署名してもらう。判子を捺してもらうときは、久しぶりなので緊張した。

「ありがとうございます。後日、機械を搬入しますので、日程が確定したらご連絡させていただきます」

「よろしくお願いします。楽しみに待っていますね」

佳澄がにこやかに答えてくれる。契約を結んでもらったせいか、彼女の笑顔がなおさら魅力的に感じた。

「お饅頭、召しあがってください」

「はい、いただきます」

契約が取れてほっとした。航太朗はお言葉に甘えて、といった態度で饅頭と麦茶をいただくことにした。

2

「それにしても、すごい雨でしたね」

佳澄が縁側の向こうにひろがる庭に視線を向ける。

いつの間にか雨があがっており、再び青空がひろがっていた。先ほどの雨はなんだったのだろうか。

「突然で驚きました」

うなずいて答えた直後、視線が彼女の胸もとに釘づけになった。

今まで売りこみに必死で気づかなかったが、白いブラウスが雨で濡れて、乳房のふくらみに貼りついている。ブラジャーのレース模様が透けており、まるみを帯びたふくらみもはっきりわかった。

（で、でかい……）

ついつい視線が吸い寄せられてしまう。

服の上から見るかぎり、志津香の乳房に勝るとも劣らないサイズだ。清楚な雰囲気なだけに、ブラジャーのラインが妙に艶めかしく感じた。

「ゆ、夕立だったのでしょうか」

懸命に胸もとから視線を引き剝がす。

なんとか平静を装って会話を進めるが、視界の隅では乳房のふくらみをしっかり捕らえていた。

「夕立かもしれませんけど……」

佳澄がふいに言葉を切った。そして、航太朗の顔をまじまじと見つめる。

「航太朗さんは、ほかの土地の方ですか？」

名前で呼ばれてドキリとするが、佳澄のような上流階級の人妻には、そういう呼び方が合っている気がした。

「東京から転勤でこちらに……どうして、わかったんですか？」

「このあたりで、こういう突然の雨はめずらしくないから……雨女の話、聞いたことありませんか？」

佳澄はそう言うと、再び航太朗の顔を見つめる。

「高校のときも大学のときもクラスにひとりはそう言っている人間がいました。いっしょに出かけると必ず雨が降るっていう——」

航太朗が話しはじめると、佳澄は口もとに微笑を浮かべたまま、首を左右にゆっくり振った。

「そういうことではなくて、この地方に伝わる雨女のことです」

「なんですか、それ？」

「ご存じないようですね」

佳澄の顔から笑みがふっと消える。急にまじめな表情になり、航太朗は思わず姿勢を正した。

「ただの言い伝えです。そんなにおおげさな話ではないですよ」

そう前置きしてから佳澄が話しはじめる。

「このあたりは稲作が盛んでしょう。でも、昔は深刻な水不足に悩まされていたそうです。水路が整備されるまでは雨乞いが行なわれていて、神さまに貢ぎ物をしていたと聞いています」

農業が盛んな地域で、雨乞いが行なわれていたというのは聞いたことがある。それで本当に雨が降るとは思えないが、当時は必死だったに違いない。農家にとって水不足は死活問題だ。

「でも、ある女性が現れてから、水不足は解消されたと言われているんです」

「ある女性……」

思わず復唱すると、佳澄はにこりともせずにうなずいた。

「その女性は雨を降らせることができたそうです」

佳澄が言う雨女とは、雨を司る妖怪のようなものではないか。

「雨女ですか……」

正直なところ、まったく興味が湧かない。しかし、佳澄は心の底から信じているようだ。

昔話とか伝承、言い伝えなどと呼ばれる類いのものだろう。なんの証拠もなければ、科学的根拠もない話だ。それが真実かどうか、追究すること自体が馬鹿げている。

「雨女が干ばつから救ったことで、この地方は米どころと呼ばれるまでになったのです」

だが、水路が整ってから、雨女が現れることはなくなったという。

「じゃあ、もういないってことですか？」

「それはどうでしょうか」

佳澄はそう言って微笑を浮かべる。

どうやら、まだ雨女がいると思っているらしい。雨女は妖怪だが人々を干ばつから救ったのだから、忌《い》み嫌われているわけではないのだろう。

「信じられないですよね。でも、この土地の人は信じています」

佳澄は穏やかな口調で語りつづける。

雨女の話がひろまっていないのは、他県の人に受け入れてもらえないとわかっているからだという。いつしか、よそ者には口外しないようになり、この地方だけで語り継がれてきたらしい。

「そんな話をどうして、わたしに……」

素朴な疑問が湧きあがる。よそ者に口外しない話を、なぜ佳澄は航太朗にしたのだろうか。

「どうしてかしら？」

指摘されて、佳澄は首をかしげる。

「航太朗さんには話してもいいと思ったんです。どうしてでしょうか。東京の方だと聞いていたのに、そんな気がしなかったというか……」

自分でもわからないらしい。佳澄は不思議そうな顔をして、困ったように肩をすくめた。

「雨女は干ばつから救ってくれる代わりに、なにかを要求するんですか？」

ふと思いついて質問する。

雨女が妖怪なら、よいことばかりではないだろう。雨は降らせてくれるが、交換条件があるのではないか。昔話なら米を何俵も貢がなければならないとか、牛をまるごと一頭食らうとか、悪いこともありそうな気がした。

「とくに悪いことは起きません。雨女はごく普通の生活を送っていたと言われています」

佳澄は少し考えるような顔をしてから答えた。

そうなると、なおさら信憑《しんぴょう》性が低くなる。いいことばかりというのは、さすがに都合がよすぎる気がした。

「ただ――」

佳澄が座卓の上に身を乗り出す。そして、秘密を打ち明けるように声を潜めて話しはじめた。

「雨女と交わると、その男性は水難に遭うそうです」

「交わるって……」

それはセックスのことにほかならない。上品な佳澄がそんな話をするとは意外だった。

「どうやら、性欲が強かったようです。それに、雨女は初物を好むという話もあります」

「初物？」

聞き返した直後に気がついた。おそらく、それは童貞のことではないか。佳澄の顔を見ると、頬が微かなピンク色に染まっていた。

「初物だった場合、その男性は雨女に取り入れられてしまうようです」

「取り入れられるって……雨女の仲間になってしまうということですか？」

「ええ……その男性は最終的に雨男になってしまうと言われています」

佳澄はそう言って黙りこんだ。

なにやら恐ろしい話に聞こえるが、よくよく考えると雨男になったからといって、さほど不自由があるとは思えない。自由に雨を降らせる能力が身につくだけではないのか。

「雨男になったとしても、別に困らないような気がするのですが……」

「最初は能力をコントロールできずに苦労するようです。感情が昂るたびに雨が降ってしまうとか……それに、雨女と同じように性欲が強くなるそうです」

「な、なるほど……」

航太朗はうなずくが、それほど大きな問題ではないと思う。雨を降らせる能力は、いずれコントロールできるようになるのではないか。普通の男でも、性欲が強いやつはたくさんいる。

「それと、もうひとつ。雨女と雨男はこの土地から離れられないんです」

「ほかの場所に行けないということですか」

「そういうことになります。雨女は、土地と強いつながりがあるようです」

つまりは地縛霊のような感じだろうか。

それは少し不便かもしれない。一生、旅行もできないことになる。ふだんの生活では問題ないが、一度くらいは外国に行ってみたい。この土地から離れられないのはつらい気がした。

（いやいや、俺が雨男になったわけじゃない）

思わず苦笑が漏れる。

つい自分が雨男になったつもりで真剣に考えてしまった。

しかし、雨女が実在したとすると、この小さな街が日本有数の米どころとして発展した理由がわかる気もした。

航太朗は饅頭をふたつと麦茶をいただいて、しばらく雑談を交わしてから水田家をあとにした。

3

午後七時、航太朗はアパートに帰ってきた。

久しぶりに契約を取ることができたので、途中でコンビニに寄って弁当と缶ビールを買った。ささやかながら、ひとりでお祝いをするつもりだ。

こぢんまりした1DKだが、ひとり暮らしにはちょうどいい。卓袱台《ちゃぶだい》にコンビニ袋を置くと、裸になってバスルームに向かう。今日も汗をたくさんかいた。とりあえず、シャワーを浴びてすっきりしたかった。

ところが、バスルームの扉を開けたとたん、異変に気がついた。水の流れるチョロチョロという音がする。いやな予感がして確認すると、蛇口の根もとから水が漏れていた。

カランをしっかり閉めてみるが、それでも水はとまらない。それどころか、水の量が増えている気がした。

（まいったな……）

シャワーを使うのは危険な気がする。

これ以上ひどくなったら大変だ。部屋に戻って短パンとＴシャツを身につけると、スマホで水道の修理業者を検索する。

二十四時間対応の業者がヒットしたので、さっそく電話をかけた。状況を説明すると、すぐ修理に来てくれるという。落ち着かないので食事はあとにして、業者の到着を待つことにした。

ところが、一時間経っても現れない。

心配になって電話をかけるが「今、出たところです」と蕎麦屋の出前のような返事があった。

そう言われたら待つしかない。さらに三十分以上待って、ようやくインターホンが鳴った。航太朗は文句のひとつも言ってやろうと、いきなり玄関に向かうと勢いよくドアを開け放った。

「どんだけ待たせ——」

大声をあげかけるが、途中で言葉を呑みこんだ。

そこには若い女性が立っていた。てっきり修理業者が来たのかと思って、危うく文句を言うところだった。

「遅くなって申しわけございません。ライフ水道サービスです」

愛らしい声で女性が告げる。

意外なことに、彼女が修理業者なのだという。しかし、濃紺のスーツをきっちり着ており、現場で作業をするとは思えない。しかも、幼さの残る愛らしい顔立ちをしている。年齢はおそらく二十歳前後だろう。髪はセミロングの明るい色で、甘いシャンプーの香りが漂っていた。

「今日、修理してもらえるって話だったんですが……」

航太朗はすっかり困惑している。

彼女のほかに作業員の姿は見当たらない。今日中に修理してもらえると思っていたので、がっかりした。

「修理しますよ」

彼女はそう言って、にっこり微笑んだ。

よく見ると、右手に工具箱をぶらさげている。だが、やけに重そうでフラフラしており、持っているだけでやっとという感じだ。

「あなたが？」

「はい、お任せください」

彼女は元気よく返事をする。そして、工具箱を地面に置くと、ジャケットの内ポケットから名刺を取り出した。

「担当させていただく海野《うんの》です。よろしくお願いします」

「どうも……」

受け取った名刺には「海野汐理《しおり》」と印刷されている。しかし、今は自己紹介より、一刻も早く修理をしてもらいたかった。

（それにしても、頼りないな……）

本当に大丈夫だろうか。

不安になるが、若い女性だからといって疑うのは失礼だ。彼女もプロの修理業者なので、経験を積んでいるに違いない。きっとスーツ姿でも簡単に直せる故障なのだろう。ここは彼女にまかせるしかなかった。

「それじゃあ、お願いします」

とにかく、部屋にあがってもらうとバスルームに案内する。

蛇口の根もとあたりから、水がチョロチョロ流れつづけている。心なしか、先ほどよりも水量が増している気がした。

「これは……」

汐理はバスルームに入ると、カランをじっと見つめる。しゃがみこんで少しだけ水を出したりとめたりをくり返す。そして、いったんバスルームから出て、ジャケットを脱いだ。

「あっ、服、かけておきますよ」

航太朗はハンガーを持ってくると、ジャケットを受け取った。

「すみません、ありがとうございます」

汐理は礼を言って、白いブラウスを腕まくりする。そして、工具箱からレンチを取り出した。

「パッキンの経年劣化と思われます。ゴム製品ですので、数年ごとに交換が必要なんです」

「なるほど。直りそうですか？」

「パッキンを交換すれば直るはずです。ごく初歩的な修理です」

そう言うわりには、頰の筋肉がひきつっているのが気になった。

「大丈夫……大丈夫です」

汐理は自分に言い聞かせるように何度もつぶやく。

そんな姿を見ていると、またしても不安が頭をもたげる。急がない修理であれば断っているところだ。しかし、今現在、水が漏れているのだから、ほかに選択肢はなかった。

汐理は再びバスルームに入ると、カランの前にしゃがみこんだ。

ストッキングに包まれた両膝を床について、タイトスカートの尻を後方に突き出す格好になる。むっちりとした双臀が張りつめて、尻たぶのまるみがはっきり浮きあがった。

（こ、これは……）

なかなかの絶景だ。思わず視線が吸い寄せられる。

航太朗はバスルームの入口に立ち、彼女を背後から見つめていた。先ほどまでの不安は消え去り、むちむちのヒップに意識が向いている。パンティのラインがうっすら見えて、胸の鼓動が速くなった。

「ああっ！」

突然、汐理が大きな声をあげる。

なにごとかと思った直後、ブシャアアッという激しい音とともに水が勢いよく噴き出した。

「な、なんだ？」

水柱があがり、バスルームの天井まで届いている。汐理は慌てふためいているが、噴き出した水はとまらない。

「ど、どうしたんですか？」

背中に声をかけると、汐理は頭から水をかぶりながら振り返る。

「し、止水栓を閉めてくださいっ」

そんなことを言われても、どこにあるのかわからない。あわててキッチンに走るが、ガスの元栓しか見当たらない。

「どこですかっ」

水の轟音に負けないように大声で尋ねる。

「そ、外ですっ、玄関の外ですっ」

汐理も大声で返す。なんとか水をとめようと必死だ。

そう言われて思い出す。入居するとき、止水栓の説明を受けた気がする。急いで外に飛び出すと、玄関の脇にある小さな扉を開く。そこには水道管があり、それらしき青いハンドルを発見した。

「これかっ」

ハンドルをまわして、きつく閉める。すると、室内に響いていた水の轟音がぴったりやんだ。

(よし……)

安堵して室内に戻る。バスルームをのぞくと、汐理が力つきたようにぺったり座りこんでいた。

「大丈夫ですか?」

背中に声をかけると、汐理は振り返ることなく、こっくりうなずく。全身に水をかぶっており、びしょ濡れになっていた。

「お怪我はありませんか?」

「はい……パッキンを交換します」

消え入りそうな声だった。失敗を恥じているのが伝わり、どう声をかけるべきか迷ってしまう。

「とにかく、先に着がえたほうが……タオルを持ってきます」

航太朗はバスタオルを急いで持ってくる。ところが、汐理は背中を向けたままで作業を再開していた。

水をとめてしまえば、むずかしいことではないらしい。わずか五分ほどでパッキンの交換が終了した。

「すみませんでした……」

汐理が立ちあがり、うつむいたまま向き直る。

瞳から涙が溢れているのが痛々しい。髪もブラウスもずぶ濡れで、ブラジャーが透けている。見てはいけないと思って、懸命に視線をそらしながらバスタオルを手渡した。

「これ、使ってください」

「でも……」

「遠慮しないでください。そのままでは帰れないでしょう」

「すみません。お借りします」

汐理はバスタオルを受け取ると、立ちつくしたまま髪を拭きはじめる。

「着がえもいりますね。ちょっと待ってください」

あまり見てはいけないと思って、航太朗は慌てて部屋に戻った。

しかし、当然ながら女性ものの服など持っていない。クローゼットのなかを眺めて思わず唸った。

「ジャージとTシャツでもいいですか。男ものですけど……」

さんざん迷ったすえ、バスルームに向かって声をかける。女性でも着ることのできる服は、それくらいしか思いつかなかった。

「あの……ワイシャツを貸していただけますか」

しばらくして、汐理が返事をする。

「ワイシャツですか？」

「はい……」

「スカートは濡れてませんか？」

「大丈夫です」

もしかしたら、奇跡的にスカートは濡れなかったのかもしれない。

言われたとおり、洗い立ての白いワイシャツだけを持っていく。そして、バスタオルを頭からかぶっている汐理に手渡した。

「俺は向こうに行ってますから、これに着がえてください」

「ありがとうございます。お借りします」

汐理は小声で言うと、申しわけなさそうに頭をさげる。

ブラウスに透けたブラジャーが目に入り、航太朗は慌てて背中を向けると部屋に戻った。

(なんか、疲れちゃったな……)

大きく息を吐き出して、心のなかでつぶやいた。

久しぶりに契約を取ったので、祝杯をあげるつもりだった。しかし、思いがけない事態に陥り、そんな気持ちはすっかり萎えていた。

4

「きちんと洗ってお返ししますので」

しばらくすると、背後から汐理のしおらしい声が聞こえた。

失敗して落ちこんでいるのがわかる。もしかしたら、航太朗を怒らせたと思っているのではないか。少しでも元気づけてあげたかった。

「わざわざ洗わなくても——」

振り返った直後、航太朗は思わず両目を大きく見開いた。

(ちょ、ちょっと……)

予想外の光景を目の当たりにして、言葉が出なくなってしまう。

汐理は濡れた服を脱いで、ワイシャツだけを身につけていた。ミニスカートのようになった裾から、白い太腿がのぞいている。スカートもストッキングも脱いでおり、ナマ脚が剝き出しになっているのだ。

(やっぱり、濡れてたんだ……)

奇跡は起きておらず、スカートもずぶ濡れだったらしい。

よくよく考えてみれば、あれほど大量の水を頭から浴びたのだから当然だ。しかも、ブラジャーも取り去っており、乳房のまるみと乳首のポッチが浮きあがっていた。

(す、すごい……すごいぞ)

見てはいけないと思っても、視線が吸い寄せられる。

白いシャツが乳房の曲線にぴったり貼りついて、乳首の鮮やかなピンク色が透けていた。

（もしかして……）

航太朗の視線は自然と彼女の股間へとさがっていく。

きっとパンティもずぶ濡れになったに違いない。すでに脱いでいるかもしれない。全裸の上にワイシャツだけを着ているのではないか。

（い、いや、いくらなんでも……）

慌てて脳裏に浮かんだ考えを否定する。

期待がふくらむあまり、妄想が先走ってしまった。

さすがにパンティは穿いているだろう。黒々とした陰毛が、ワイシャツに透けていないのがその証拠だ。しかし、彼女の大胆な格好を目にして、視線をそらせなくなっていた。

「見苦しい格好でごめんなさい。お借りする服は、なるべく少ないほうがいいと思ったので……」

汐理が小声でつぶやく。

航太朗の熱い視線を感じて、羞恥にまみれているらしい。愛らしい顔がまっ赤に染まり、内股になってもじもじしている。

「み、見苦しいなんて……と、とっても、かわいいです」

なんとか心を楽にしてあげたくて語りかけるが、汐理は驚いたように航太朗の顔を見つめた。

「かわいいですか?」

「い、いや、その……見苦しくないという意味で……」

「ですよね。わたしなんて……」

汐理はうなだれると、ひとりごとのようにつぶやく。

どうやら自信を喪失しているらしい。あんな失敗をした直後なので、仕方のないことだ。

「とりあえず、服を干したほうが……」

理由はまったく違うが、動揺しているのは航太朗も同じだ。なんとか興奮を抑えこみ、やっとのことで口を開く。クローゼットからハンガーを取り出して、平静を装いながら手渡した。

「ありがとうございます」

汐理はブラウスとスカートをかけると、壁のフックにぶらさげる。そして、航太朗に向き直り、あらたまった様子で深々と腰を折った。

「ご迷惑をおかけして、本当にすみませんでした。止水栓を閉めるのを忘れていました。作業の初歩中の初歩です……」

「い、いえ、大丈夫ですよ。それより、本当にお怪我はありませんか」

「はい……」

「それなら、よかったです。水の勢いってすごいですね。めずらしいものを見ることができました」

笑い話にしようとするが、汐理は涙ぐんでしまう。そして、ついには両手で顔を覆って、わっと泣き出した。

「研修ではちゃんとできたのに……うっ、うぅぅっ」

「な、泣かなくても……修理も終わったし、なにも問題ないですよ」

慌てて慰めようとするが、汐理は嗚咽を漏らしつづける。

女性に泣かれるのなど、はじめての経験だ。航太朗はどうすればいいのかわからず、オロオロしてしまう。

「と、とりあえず、座りましょうか」

なんとか落ち着かせようと、床に置いたクッションを勧める。汐理はしゃくりあげながらも横座りした。

(まいったな……)

そのとき、卓袱台の上に置いてある缶ビールが目に入った。

ビールを飲めば、気持ちが落ち着くかもしれない。急いでキッチンからコップをふたつ持って来ると、卓袱台を挟んで腰をおろした。

「ちょっとぬるくなっちゃったけど……よかったら、どうぞ」

ビールをコップに注ぎ、彼女の前にそっと置いた。

しかし、よくよく考えると、客の家で酒を飲むはずがない。失敗したと思ったが、汐理は両手で大切そうにコップを持ち、なみなみと注がれたビールを半分ほど一気に飲んだ。

かなり動揺しているに違いない。これで少しは落ち着いただろうか。なにか話しかけなければと思ったとき、汐理の下半身に目が向いた。

(うおっ……)

危うく声が漏れそうになる。

横座りしたことでワイシャツの裾がずりあがり、ただでさえ大胆に露出していた太腿が、つけ根ギリギリまで剝き出しになっていた。航太朗は向かい側に座っているため、もう少しで股間が見えそうだ。

さりげなく角度を変えるが、陰になっており奥までは確認できない。見えそうで見えないのがもどかしい。

（お、俺はなにをやってるんだ……）

はっと我に返り、心のなかで自分を叱責する。慌ててビールを飲むと、息を小さく吐き出した。

「わたし、新入社員でふだんは事務仕事をしてるんです」

汐理がポツリポツリと語りはじめる。

大学を卒業して、今年入社したばかりだという。いずれは現場に出る予定だが、じつはまだ研修中らしい。

「人手不足なんです。それで、急に行ってこいって言われて……」

「事情はわかりました。もう大丈夫ですよ」

航太朗はなるべくやさしい口調で語りかけた。

彼女の年齢はひとつ下の二十二歳だ。航太朗は一年前の自分を思い出す。まだ右も左もわからなかった時期だ。そんなときに、突然ひとりで修理に行けといわれて、きっと緊張したに違いない。

「失敗は誰にでもあります。俺はいまだに失敗ばっかりだけど……ははは」

元気づけたい一心で自虐的に言うが、彼女は笑ってくれなかった。

「パッキンの交換はちゃんとできるんです。でも、さっきは止水栓を閉め忘れてしまって……」

汐理は溢れる涙を指先で拭うと、残りのビールを飲みほした。

「どうお詫びしたらいいのか……」

「いや、本当に大丈夫ですから」

「わたしの気がすみません。どうか、お詫びをさせてください」

汐理は這いつくばって卓袱台をまわりこむと、航太朗の隣にやってきた。そして、正座をして腰を折り、額を床に擦りつける。

「どうも、すみませんでした」

「ちょ、ちょっと、そんなことしなくていいですよ」

慌てて声をかけたとき、汐理のワイシャツの襟もとが大きく開いていることに気がついた。前屈みになって頭をさげているため、ちょうど航太朗の視界に乳房が入っていた。

(み、見ちゃダメだっ)

心のなかでつぶやくが、もう視線をそらすことができない。

手を伸ばせば届く距離で、瑞々《みずみず》しい肌がなめらかな曲線を描いている。ブラジャーをつけていないため、乳房はカップで寄せられていない。自然な感じでプルプル揺れていた。

（おおっ……）

乳首がチラリと見えて、思わず心のなかで唸った。

鮮やかなピンク色で愛らしい乳首だ。乳房は志津香と比べたら小さいが、染みひとつない白い肌が美しい。なにより張りがあって、前屈みなのに見事なお椀形を保っていた。

「か、顔をあげてください」

なんとか言葉を絞り出す。

しかし、視線を乳房から引き剝がすことはできず、目を見開いたまま凝視していた。

汐理が顔をゆっくりあげる。

溢れた涙が頬を流れ落ちていく。泣き顔も愛らしくて、胸がドキドキしてしまう。濡れた髪が妙に色っぽい。幼さと色気が同居しており、抑えきれない興奮がふくれあがった。

「あっ……」

汐理が小さな声を漏らす。

視線が航太朗の股間に向いている。まさかと思って見やると、短パンの前が張りつめていた。

「こ、これは、その……す、すみません」

言いわけのしようがない。誰が見ても勃起しているのは明らかだ。顔が熱くなるのを自覚して、激烈な羞恥がこみあげた。

「わたしのせいですね」

汐理はポツリとつぶやき、短パンのふくらみに手のひらを重ねる。そして、やさしく、スリッ、スリッと撫ではじめた。

「な、なにを……」

「お詫びをさせてください」

濡れた瞳で見あげながら汐理がささやく。その間も短パンの上からペニスを撫でて、やがて布地ごと竿を握りしめた。

「ううっ……」

ペニスの先端から、我慢汁がブジュッと溢れる。ボクサーブリーフの裏側が濡れて、ヌルリッと滑った。

「すごく硬くなってます」

汐理は短パンごしに太幹をしごきはじめる。ゆったりした動きだが、確実に快感がひろがった。

「こ、こんなことしなくても……」

「わたしの気がすまないんです」

「でも、俺は別に怒ってないから……ううっ」

太幹をキュッと握られて、思わず快感の呻きが漏れる。ペニスがますます硬くなり、我慢汁の量が増えていた。

「お願いします。わたし、これくらいしかできないんです」

「い、いや、でも……」

航太朗は動揺しながらつぶやいた。

手を払いのけるのは簡単だが、汐理はお詫びをしようとしているのだ。拒絶すれば、彼女を困らせてしまう気がする。ここは謝罪だと思って受け入れるべきだろうか。

「これ、おろしてもいいですか?」

汐理は航太朗の答えを待たずに、短パンとボクサーブリーフをまとめて引きおろしにかかる。

「お尻、浮かせてください」

「も、もう、大丈夫だから……」

口ではそう言いながらも尻を浮かせてしまう。いけないと思いつつ、心のなかでは期待している。なにをされるのか想像すると、体が勝手に動いていた。

短パンとボクサーブリーフがおろされて、勃起したペニスがブルンッと勢いよく跳ねあがる。まるで鎌首をもたげた獰猛なコブラのように、肉棒が隆々とそそり勃っていた。

「ああっ、すごいです」

汐理がうっとりした顔でつぶやく。そして、短パンとボクサーブリーフをつま先から抜き取ると、太幹の根もとに両手を添えた。

(なにがはじまるんだ?)

胸のうちで期待と興奮が入りまじる。

航太朗は床に座って両脚を伸ばした状態だ。脚の間に汐理が入りこんで、ちょこんと正座をしている。前屈みになっているため、常にワイシャツの襟ぐりから乳房がチラチラ見えていた。

汐理がピンク色の舌先を伸ばして、ペニスの裏側を舐めあげる。

「こんなに大きいなんて……はンンっ」

触れるか触れないかの繊細なタッチで、敏感な裏スジをくすぐった。

「くうッ……」

たまらず呻き声が溢れ出す。舌先が軽く触れただけで快感が走り抜けて、四肢の先までひろがった。

汐理は航太朗の表情を確認しながら、舌先で裏スジを何度も舐めあげる。さらにはカリの周囲や亀頭の表面も舐めはじめた。我慢汁が付着しているが、気にすることなく舌を這わせる。

「そ、そんなことされたら……くううッ」

たまらず快感に腰を震わせる。

ペニスを舐められるのは、これが二回目だ。なにしろ経験が浅いので、ちょっとの刺激で大きく反応してしまう。亀頭は破裂しそうなほどふくらみ、尿道口から透明な汁がジクジク湧き出していた。

「感じやすいんですね」

航太朗の敏感な反応を見て、汐理はうれしそうに目を細める。

どうやら愛らしい見かけによらず、淫らな行為に慣れているらしい。太幹の根もとを指先でやさしく擦りながら、亀頭にねちっこく舌を這わせる。さらには唇を大きく開いて、先端をぱっくり咥えこんだ。

「ま、待って……ううぅッ」

柔らかい唇がカリ首に密着する。それだけで射精欲が盛りあがり、慌てて両脚をピンッと伸ばして力をこめた。

「あふっ……あむンっ」

汐理は口内でペニスに舌を這わせては、チュウッと音を立てて吸いあげる。さらには尿道口を舌でチロチロとくすぐった。

「ううッ……そ、それ以上は……」

尿道にたまっていた我慢汁が吸い出されて、体が小刻みに震えてしまう。このままだと、あっという間に射精しそうだ。必死に全身の筋肉を力ませて、暴走しそうな快感を抑えこんだ。

「ちょ、ちょっと、ストップ……」

両手で彼女の頭を挟みこむと、股間から引き剝がす。ペニスが唇から抜け落ちる刺激も射精欲を刺激して、危うく暴発するところだった。

（ううウッ、危なかった……）

呼吸が激しく乱れている。ギリギリのところで耐え忍んだが、最高潮に興奮していた。

「気持ちよかったですか？」

汐理が伏せていた身体を起こして首をかしげる。

仕草は愛らしいが、やっていることは驚くほど淫らだ。まさか、いきなりフェラチオされるとは思いもしなかった。

「こ、こんなことしなくても……」

心のなかでは、さらなる行為を期待している。だが、こちらから要求するわけにはいかなかった。

「だって、お詫びですから……」

汐理は膝立ちの姿勢で、ワイシャツのボタンをはずしはじめる。

白い生地に乳房のまるみと乳首が浮かびあがっている。期待がふくらみ、ペニスがさらに反り返った。

やがてワイシャツの襟が開いて、双つの乳房が露出する。

片手で収まりそうなほど小ぶりだが、お椀形のきれいな形だ。なだらかな曲線の頂点では、小さな乳首がフルフルと揺れている。すでに屹立しており、乳輪までぷっくり盛りあがっていた。

「そんなに見られたら、恥ずかしいです」

口ではそう言いながら、乳房を隠す気配はない。汐理はそのままボタンをすべてはずすと、ワイシャツをそっと脱いだ。

「おおっ……」

航太朗は思わず唸り、両目をカッと見開いた。

視線は汐理の股間に向いている。剝き出しになった恥丘には、陰毛がほとんど生えていない。色素の薄い毛が、申しわけ程度にそよいでいるだけだ。そういうことなら、白いワイシャツに陰毛が透けていなかったのも当然だ。

「生まれつき薄いんです……」

汐理は顔を桜色に染めてつぶやく。

羞恥にまみれているが、それでも手で覆い隠すことはしない。見られることが謝罪になると思っているのか、それとも視線で興奮する質なのかもしれない。内腿をぴったり閉じているが、もじもじ擦り合わせていた。

「ベッドに行きませんか?」

汐理が隣の部屋に視線を向ける。引き戸が開けっぱなしになっており、ベッドがまる見えになっていた。

5

「い、いいの?」

つい期待が口から溢れてしまう。

彼女の裸体を目にしたことで、いよいよ興奮が抑えられなくなっている。ペニスはさらに硬くそそり勃ち、先端から大量の我慢汁が溢れて、太幹を伝い流れていた。

汐理は航太朗の手を取って立ちあがる。そして、隣の寝室へと移動して、彼女はシーツの上で仰向けになった。

「好きにしていいですから……」

しおらしい言葉が興奮を誘う。

愛らしい女性が、生まれたままの姿で横たわっている。すべてを航太朗の目に晒して、恥ずかしげに頰を染めているのだ。

双つの乳房は小ぶりだが、仰向けになってもきれいな形を保っている。緩やかにくびれた腰のラインは健康的でいながら色気も滲んでおり、ふっくらした恥丘には陰毛がわずかにしか生えていない。なにより染みひとつない瑞々しい肌に惹きつけられた。

(なんてきれいなんだ。それに……)

航太朗は思わず生唾を飲みこんだ。

色香がどんどん濃くなり、ペニスを直撃してくる。先日セックスの快感を知ったことで、なおさら挿入したくてたまらない。熱い膣の感触を味わいながら、思いきり腰を振りたかった。

しかし、なにか違和感がある。

本当にセックスをして大丈夫だろうか。彼女が失敗を反省しているのは事実だと思うが、自らこんなことまでするのは普通ではない。あとになって問題になったりしないだろうか。

「やっぱり、まずいよ」

航太朗はベッドの脇に立ったままつぶやいた。

「これは、お詫びですから」

汐理はあくまでも謝罪の一環だと言う。しかし、身体を張ってお詫びをするなど、ＡＶでしか聞いたことがない。ましてや自分の身に起きるなど、どうしても信じられなかった。

「お願いします。お詫びをさせてください」

汐理が今にも泣きそうな顔になって懇願する。

そんな顔をされると、突き放すことができなくなってしまう。だからといって誘いに乗ってもいいのだろうか。

「じつは、大学を卒業して、彼氏と別れてしまったんです」

汐理がぽつりとつぶやいた。

大学時代に交際していた恋人が、実家に戻ってしまったため別れたという。それ以来、男性に触れる機会がなかったらしい。

「女でも欲求不満になるんですよ」

「そ、そうだよね」

動揺を押し隠して同意するが、これまで考えたこともなかった。男が欲望をためこむように、女性もムラムラするらしい。

「それに、ストレスがたまってて……」

汐理は就職して、まだ三カ月ほどだ。ちょうど疲労が蓄積しているころではないか。うまくいかない苛立ちもあり、それらがストレスとなって爆発しかけているのだ。

「だから、すっきりしたいんです。それだけ……」

汐理はそう言うと、仰向けの状態で両膝をそっと立てる。そして、ゆっくり左右に開きはじめた。

(おっ……おおっ)

航太朗は思わず腹のなかで唸った。

白い内腿の奥で息づく割れ目が露になったのだ。陰唇はミルキーピンクで、形崩れがまったくない。しかも、たっぷりの蜜で潤っており、興奮しているのは明らかだ。

今にして思うと、志津香の陰唇はビラビラが大きくて卑猥だった。人妻らしい艶めかしさがあったが、汐理の若々しい女陰も、これはこれで惹きつけられるものがある。

「濡れてますよね？」

汐理が小声でつぶやく。さらに両膝を大きく開いて、濡れ光る割れ目を剝き出しにした。

「わたしも興奮しちゃいました」

そう言うそばから新たな華蜜が溢れて、蟻の門渡《と》りを流れ落ちる。

汐理は本気で求めている。それがわかるから、航太朗の興奮もさらにふくれあがった。

（よし、こうなったら……）

この状況で断ったら男ではない。

航太朗はベッドにあがると、汐理の脚の間に入りこむ。そして、右手で太幹をつかみ、先端を割れ目に押し当てた。

「あンっ……」

汐理の唇から小さな声が漏れる。

軽く触れただけだが、快感が走ったらしい。クチュッという音がして、膣のなかにたまっていた華蜜が溢れ出す。

「い、いくよ」

はじめての正常位で緊張する。自分に言い聞かせるようにつぶやくと、いよいよ腰を前方に押し出した。

「あああッ、お、大きいっ」

亀頭が陰唇の狭間に埋まり、汐理が艶めかしい声をあげる。

(は、入ったぞ……うううッ)

うまく挿入できて安堵すると同時に快感が押し寄せた。

そのままペニスを押しつけて、根もとまでゆっくり挿入する。ふたりの股間がぴったり重なり、熱い膣の感触で新たな我慢汁が噴き出した。

(すごい締まりだ……)

気を抜くとすぐに射精しそうだ。

根もとまで挿入した状態で、いったん動きをとめる。とにかく、快感の波を落ち着かせたい。

若いせいなのか、膣道がせまいのか、とにかく締まり具合が強烈だ。志津香のなかはウネウネ蠢いていたが、汐理は常に絞りあげてくる。強い刺激で射精欲を煽り立てているのだ。

「あアンっ、動いてください」

汐理が焦れたように腰をよじる。

それだけでペニスが膣壁で刺激されて、快感が強くなってしまう。濡れた媚肉で揉みくちゃにされると、我慢汁がとまらなくなった。

「ちょ、ちょっと……ううぅッ」

じっとしていても快感の波は収まらない。動かないまま暴発するのが、いちばん格好悪い。それならば、突いて突いて、突きまくるしかない。

「動くよ……くううッ」

航太朗は気合を入れると、両手で彼女の腰をつかんで腰を振りはじめる。

ペニスと膣肉が擦れるのが、たまらなく気持ちがいい。華蜜と我慢汁がまざり合い、最高の潤滑油になっている。ヌチャヌチャと湿った音が響いて、さらに興奮が高まった。

「ああッ……ああッ……」

突きこむたびに汐理の顎が跳ねあがる。

どうやら、奥が感じるらしい。亀頭が深く入りこむほどに声が大きくなる。それならばと意識的にペニスを奥までたたきこんでいく。すると膣が猛烈に収縮して、太幹を絞りあげた。

「くうウッ、す、すごいっ」

快感が高まるほどにピストンが速くなる。

はじめての正常位だが、腰の動きは意外なほどスムーズだ。もしかしたら、ピストンの方法は男のＤＮＡに刻みこまれているのかもしれない。本能にまかせてペニスを抜き挿しすれば、瞬く間に射精欲がふくれあがる。

「くおおおッ」

奥歯を強く食いしばり、腰を振りつづける。この快感を少しでも長持ちさせたくて、尻の筋肉に思いきり力をこめた。

両手を伸ばすと、小ぶりの乳房に重ねていく。硬くなった乳首が手のひらに当たっている。ねちっこく転がしながら、張りのある乳肉に指をめりこませた。適度な弾力が興奮を生み、乳房を揉みあげては乳首を摘まみあげる。

「あああッ、い、いいっ」

汐理の声がいっそう大きくなった。

感じているのは彼女も同じだ。久しぶりのセックスで高揚しているようだ。ストレスを解消するように、快楽に溺れていく。両手を伸ばして航太朗の尻たぶにまわすと、自ら股間をグイグイ押しつけた。

「お客さまの部屋なのに……はあぁンっ」

汐理の喘ぎ声がいっそう大きくなる。

水道の修理に来たのに、客とセックスしているのだ。その状況を考えると、なおさら昂るのかもしれない。ピストンに合わせて、股間をねちっこくしゃくりはじめた。

「おおおッ、き、気持ちいいっ」

「わ、わたしも……はあああッ」

航太朗の呻き声と汐理の喘ぎ声が交錯する。

相手が感じているとわかることで、自分の快感も高まっていく。ふたりは息を合わせて腰を振り、絶頂の急坂を一気に駆けあがる。

「も、もうっ……くおおおおッ」

これが二回目のセックスだ。快感に耐えられるはずもなく、早くも絶頂の大波に呑みこまれる。航太朗は野太い声を響かせながら、ラストスパートの抽送に突入した。

「おおおおッ、おおおおおッ」

「ああぁッ、い、いいっ、いいっ」

汐理も手放しで喘ぎ、両脚を航太朗の腰に巻きつける。快感だけを求めて、ペニスを根もとまで引きこんだ。

「ぬうううッ、で、出るっ、おおおおおおおおッ！」

たまらず雄叫びをあげながら射精する。快感が脳天まで突き抜けて、全身がガクガクと痙攣した。

「はあああああッ、あ、熱いっ、イクッ、イクイクうううううッ！」

汐理も絶頂を告げながら昇りつめていく。航太朗の体にしがみついて、股間をはしたなく突きあげた。

膣が激しくうねり、ペニスを思いきり絞りあげる。射精しているところを刺激されて、さらなる快感が爆発した。絶頂感が長くつづき、精液がまるで放尿のようにドクドク溢れる。やがて頭のなかがまっ白になり、航太朗は力つきて彼女に覆いかぶさった。

全力疾走したあとのように息が乱れている。ふたりとも口を開くことなく、ただ汗ばんだ肌を重ねていた。

どれくらいの時間が経ったのだろうか。

ようやく呼吸が整ってくると、興奮した自分の姿を思い浮かべて恥ずかしさがこみあげた。

(俺は、いったいなにを……)

欲情を抑えられず、出会ったばかりの女性を抱いてしまった。

とくに性欲が強いわけではない。人並みのつもりでいたが、じつは違ったのだろうか。

折り重なった状態で、萎えたペニスがヌルリッと抜け落ちる。すると、汐理の手が股間に伸びて、柔らかくなった肉棒をやさしく撫でた。

「すごく、よかったです」

ひとりごとのようにつぶやき、力の抜けた竿をゆっくりしごく。尿道に残っていた精液が先端からトロリと溢れた。

「柔らかくて、かわいい……この感触が好きなんです」

汐理は幸せそうにつぶやき、うっとりと睫毛を伏せる。

少しは元気になったのだろうか。欲望に流されてセックスしてしまったが、彼女のためになったのなら意味はあったのかもしれない。

しかし、汐理の濡れた髪に鼻先を埋めながら、頭の片隅では志津香の顔を思い浮かべていた。

（志津香さん……）

心のなかで名前を呼んでみる。

それだけで胸がせつなく締めつけられた。はじめての女性だから気になるのだろうか。

志津香が人妻だということを忘れたわけではない。しかし、惹かれる気持ちはとめられない。もしかしたら、これは恋だろうか。自分で自分の気持ちがわからなかった。

第三章　旧家でぐっしょり

1

翌日、航太朗はいつもどおり出社した。

昨夜のセックスの名残で、ペニスが甘く痺れている。思いがけず水道修理業者の汐理と交わったことで、ほかのことが考えられなくなっていた。ほんの少しの刺激だけで勃起しそうになり、興奮を鎮めるのに苦労した。

しかし、会社で志津香の顔を見ると、昨夜のことが頭から消え去った。

不思議なことに、独身の汐理より人妻の志津香が気になってしまう。既婚者を好きになっても仕方がない。そう自分に言い聞かせても、惹かれる心はどうすることもできなかった。

はじめての女性は忘れられないと聞いたことがある。

確かに志津香とのセックスは、めくるめく体験だった。人妻なので求めてはいけないとわかっているが、もう一度、セックスしたいと思ってしまう。志津香と過ごした一夜は、心に深く刻みこまれていた。

ところが、その後、志津香は素っ気ない。

視線が重なる回数は確実に増えている。それなのに、なにも話しかけてくれない。自分から話しかけようと何度も思ったが、志津香のクールな顔を見ると気が引ける。冷たくあしらわれそうな気がして、どうしても一歩を踏み出すことができなかった。

今も、自分のデスクに向かってパソコンのモニターを見ているが、頭のなかは志津香のことばかりだ。

(きっと志津香さんは本気じゃないよな……)

思わずため息が漏れてしまう。

人妻なのだから当然だ。夫は浮気をしているらしいが、離婚する気はないだろう。きっと淋しさから航太朗と関係を持っただけだ。こちらが本気になっても迷惑をかけるだけの気がした。

(あきらめるしかないのかな……)

モニターの陰から志津香の姿をうかがう。

パソコンに向かっており、キーボードを淡々とたたいている。鼻すじがスッとおった顔は、何時間でも眺めていられるほど美しい。これで人当たりがよかったら、日本中の男たちが虜になっているだろう。

しかし、志津香はあくまでもクールだ。仕事中は口数が少なく、笑うこともないので、美人でありながら目立たない存在になっていた。

午後になり、外出の準備をはじめる。

今日は佳澄の家に、ウォーターサーバーを設置する予定だ。外に出ると、青空がひろがっていた。

梅雨なので心配していたが、これなら濡れることなく作業できる。安心して営業車に荷物を積みこんだ。そして、運転席にまわろうとしたとき、突然、雨粒がポツポツと落ちてきた。

(あれ、降ってきちゃったよ)

空を見あげて、心のなかでつぶやく。

この時期は天気が変わりやすい。仕方のないことだが、せめてウォーターサーバーを運び終わってからにしてほしかった。

そのとき、背すじがゾクッとした。

なにやら気配を感じて背後を振り返る。すると、そこには志津香が無表情で立っていた。

「し、志津香さん……」

言った直後に、まずいと思う。

ふだんは「雨宮さん」だが、心のなかでは「志津香さん」と呼んでいた。日に日に想いが強くなっており、彼女のことを考える時間が増えている。そのせいでつい癖が出てしまった。

「あ、雨宮さん、どうしたんですか?」

すぐに言い直すが、志津香はどう思っただろうか。相変わらず無表情で航太朗のことを見つめていた。

「濡れてますよ」

なぜか志津香は傘もささずに立ちつくしている。グレーのジャケットの肩が雨に濡れて、黒い染みがいくつもできていた。航太朗は車から傘を取り出すと、急いで彼女の頭上にさしかけた。

「ありがとう。でも、大丈夫よ。雨は嫌いではないから」

志津香は淡々とつぶやき、唇の端に微かな笑みを浮かべる。

それを見た瞬間、航太朗の心は激しく震えた。基本的に表情を変えることのない志津香が、笑顔を向けてくれたのだ。ほんのわずかなことだが、航太朗にとっては最高の喜びだった。

「ところで、俺になにか?」

「別に……ただ航太朗くんを見かけたから……」

唐突に「航太朗くん」と呼ばれて、さらなる衝撃を受ける。いつもは名字で呼ばれていたので、急激に距離が縮まった気がしてドキドキした。

先ほど航太朗が名前で呼んだことを受けて、志津香も名前で呼んでくれたのではないか。ということは、彼女も悪い気はしなかったのかもしれない。志津香の瞳の奥に親しみが滲んでいる気がした。

「こ、これから、外まわりですか?」

緊張しながら話しかける。すると、志津香は小さくうなずいた。

「ええ……」

「それじゃあ、いっしょに乗っていきますか？」

思いきって誘ってみる。

隣に志津香を乗せて走るのは楽しそうだ。会話は弾まないかもしれないが、想像するだけで気持ちが高まった。

「雨も降ってるし、どうですか？」

「遠慮しておくわ。雨は嫌いではないから」

志津香は先ほどと同じことを言うと、再び微笑を浮かべる。

（ああっ、志津香さん……）

またしても航太朗の胸は打ち抜かれる。

どうして、こんなにも惹かれてしまうのだろうか。確かに童貞を捧げた女性だが、人をこれほど好きになったことはない。時間が経つほどに、心をわしづかみにされていた。

「もう、行くわね」

志津香がそう言って背を向ける。

「ま、待ってください」

急激な淋しさに襲われて、思わず呼びとめた。

志津香が振り返る。その動きがスローモーションに見えて、胸がせつなく締めつけられた。

「か、傘を……」

航太朗は手にしていた傘を差し出す。

志津香は小さくうなずいて受け取った。そして、なにも言わずにゆっくり歩きはじめる。航太朗はその場に立ちつくして、彼女の背中が見えなくなるまで見送った。

志津香が角を曲がってしばらくすると、ふいに雨がやんで明るくなる。不思議に思って空を見あげると、いつの間にか青空がひろがっていた。

2

「お世話になっております。ネクストアクアの斉藤です」

「お待ちしておりました」

インターホンを鳴らすと、すぐにスピーカーから佳澄の声が聞こえた。

契約してもらったウォーターサーバーを今日設置することは、あらかじめ電話で伝えてあった。

「どうぞ、お入りください」

「はい。失礼いたします」

航太朗は門を潜り、飛び石の上を歩いて母屋に向かう。すると、ちょうど引き戸がガラガラと開いた。

「今日も暑いですね」

佳澄が笑顔で迎えてくれる。

白い半袖のブラウスに水色のプリーツスカートという服装だ。清らかな雰囲気の彼女によく似合っていた。

「でも、雨がやんでよかったです」

航太朗が答えると、佳澄は不思議そうに首をかしげる。

「雨、降りました？」

「あれ、こちらは降りませんでしたか？」

思わず庭をチラリと見やれば、物干し竿に洗濯物が揺れていた。

会社からここまで、車で十五分ほどだ。それほど離れていないが、天気は違ったらしい。

（そういえば、ほんの一瞬だけだったな）

思い返してみると、雨が降ったのはわずかな時間だった。

通り雨のようなものだったのだろうか。志津香に傘を貸したが、邪魔になってしまったかもしれない。

「では、さっそくですが、ウォーターサーバーを設置したいと思います。まずは設置場所を確認させてください」

「台所にしようと思っています。どうぞ」

佳澄に案内されて家にあがり、台所を確認する。

家は広いが、古い造りのため廊下は意外と狭い。しかも、玄関から台所まで距離があるので、ウォーターサーバーを壁などにぶつけないように細心の注意を払わなければならない。

（これは、なかなか大変だぞ……）

航太朗は動線を考えて、心のなかで唸った。

営業車は門の前に停めてある。母屋までは飛び石になっているので台車は使えない。ウォーターサーバーの重量は約十五キロで、高さは百二十センチだ。それを手で抱えて運ぶことになる。

(応援を頼むべきだったかもしれないな)

そう思うが、基本的にひとりで設置するのが会社の方針だ。とにかく、気合を入れてやるしかない。

車に戻ると、ジャケットを脱いで軍手をつける。そして、ウォーターサーバーを降ろして、慎重に運んでいく。母屋の入口で佳澄が待っていた。慎重に運び入れると、いったん玄関におろして休憩する。

(や、やばい……これはきついぞ)

飛び石の上を歩くのに時間がかかり、かなり体力を使ってしまった。この時点で、すでに汗だくだ。

「なにか、お手伝いすることはありますか?」

佳澄が心配そうに声をかけてくれる。だが、お客さまの手を煩わせるわけにはいかない。

「ありがとうございます。でも、慣れているので大丈夫です」

無理をして笑みを浮かべる。

あまり休んでいると、佳澄によけいな心配をかけてしまう。航太朗は気合を入れ直して、再びウォーターサーバーを抱えて、廊下をゆっくり歩いていく。どこにもぶつけないように、常に気を張っている必要があった。

ようやく台所に運びこみ、指示された場所に設置する。さらに車から水のタンクを持ってきて、ウォーターサーバーにセットした。

「よし、完了です」

全身の毛穴から大量の汗が噴き出している。ワイシャツはぐっしょり濡れており、肌に貼りついて不快だった。

だが、そんなことより、無事に設置できたことでほっとした。万が一、ウォーターサーバーを壊したとしても交換できる。だが、家を傷つけてしまったら大変だ。歴史のありそうな家なので緊張した。

「お疲れさまです。ありがとうございます」

佳澄が丁寧にお礼を言ってくれる。

そのひと言で心が軽くなり、疲れが半減した。なにも言ってくれない人がほとんどなので、気を使ってくれることがうれしかった。ウォーターサーバーの使用方法を説明して、設置作業はすべて終了した。

「水のタンクは二週間に一度の配達となっています。途中でなくなったときは、連絡していただければすぐに配達いたします。以上となりますが、なにかご不明な点やご質問はございますか？」

「ご丁寧にありがとうございます。よくわかりました」

佳澄は笑顔を絶やさない。何度も感謝の言葉をかけてくれるので、がんばって
よかったと心から思えた。

「それでは、わたしはこれで――」

「お疲れでしょう。お茶を入れるので休んでいってください」

そう言われて心が揺れる。

確かに疲れているのは事実だ。実際、このあと営業をする元気などない。夕方
まで車のなかで休憩するだけになりそうだ。

「い、いいんですか？」

社交辞令かもしれないと思いながら、恐るおそる尋ねる。

どうせ休憩するなら、車のなかより広い場所のほうが落ち着く。それに佳澄は
人当たりがよいので、気分的にも楽だった。

「もちろんです。ゆっくりなさってください」

「では、お言葉に甘えて……」

ありがたく提案を受け入れることにする。

きっと先日の居間に案内されるに違いない。さすがに昼寝はできないが、畳の上で休ませてもらうつもりだ。

「行きましょうか」

佳澄に言われるまま、うしろについて長い廊下を歩いていく。

ところが、広い家なので、どこを歩いているのかわからなくなる。なにか違う気がすると思ったとき、佳澄は引き戸をガラガラと開けた。

「こちらです」

「はい……あれ？」

足を踏み入れようとして立ちどまる。案内されたのは居間ではなく、脱衣所だった。

「休憩なさる前に汗を流してください」

そう言われて躊躇する。

さすがにお客さまの家で風呂を使うわけにはいかない。しかし、佳澄がこうして勧めるということは、自分で思っている以上に汗くさいのだろうか。汗だくの男を居間に入れたくないのかもしれない。

（でも、さすがに風呂は……）

どうするべきか悩んでしまう。

休憩することを受け入れた以上、なんとなく断りづらい。今さら休憩せずに帰るとも言えなかった。

「遠慮なさらずに」

佳澄は穏やかな笑みを浮かべている。

航太朗の背中に手をそっと添えて、脱衣所へと導いた。ワイシャツは汗にまみれているのに、いやな顔をせずに触れている。

本当に汗くさいと思っていたら、触れたりしないのではないか。彼女の言動に裏はない気がする。心から労をねぎらって、風呂を勧めてくれたのだろう。ここで断るのは、逆に失礼になる気がした。

「バスタオルはこれを使ってくださいね」

佳澄が籐の棚からフカフカのバスタオルを出してくれる。屈託のない笑顔を向けられて、航太朗の心も穏やかになった。

「ありがとうございます。では、お借りします」

素直に好意を受けることにする。佳澄が脱衣所から出ていくと、汗だくの服を脱いで裸になった。

風呂場の引き戸は木製で、曇りガラスがはめこまれている。なんとなく、子供のころ、近所にあった銭湯を思い出した。

引き戸を開けると、白い湯気がフワッと流れ出る。あらかじめ風呂が沸かしてあったらしい。まだ風呂に入るには早い時間だ。もしかしたら、航太朗が汗だくになることを想定していたのかもしれない。

（ありがたいな……）

人のやさしさに触れて、心がほんわりと温かくなった。

飛びこみ営業をしていると、迷惑がられることのほうが圧倒的に多い。感謝されることなどめったにない。だからこそ、佳澄のやさしさが心に染みわたり、思いがけず涙ぐみそうになった。

風呂場に足を踏み入れる。

足の裏に触れる木の感触が心地いい。総檜の立派な風呂だ。ほのかに漂う香りも、リラックス効果を生んでいる。夏の風呂もいいものだ。汗をたっぷりかけばすっきりするだろう。

木製の風呂椅子に腰かけて、木桶で浴槽の湯を掬うと肩からザーッとかけていく。湯加減が絶妙で、汗が流れていくのが気持ちいい。両肩に何度も湯をかけると、さらに頭から湯をかぶった。

髪も汗だくで、びしょびしょに濡れている。どうせなら洗ってしまったほうがいいだろう。

(シャンプーは……)

あたりを探していると、背後で引き戸の開く音がした。

3

「えっ……」

驚いて振り返ると、裸体に白いバスタオルを捲いた佳澄が立っていた。

黒髪を後頭部で結いあげて、ゴムでまとめている。バスタオルの縁が乳房にめりこんで、柔肉がプニュッとひしゃげていた。しかも、裾がミニスカートのようになっており、白くてむっちりした太腿が大胆に露出している。

「ど、どうしたんですか?」

予想外の出来事に慌てて、声が情けなく震えてしまう。視線をそらそうとするが、熟れた女体に惹きつけられて離れなかった。

「お背中を流しますね」

佳澄は当然のように告げると、航太朗の背後に歩み寄る。そして、檜の床にひざまずいた。

「そ、そんなことしなくても……」

「いいんですよ。遠慮なさらないでください」

佳澄はそう言いながら、シャンプーを手に取った。

「髪を洗うところだったのですね」

背後から佳澄が髪を洗いはじめる。シャンプーが瞬く間に泡立って、ほっそりした指が頭皮をやさしくマッサージした。

「な、なんか、すみません……」

突然のことに驚くが、同時に髪を洗ってもらう心地よさも感じる。

緊張していたのは最初だけで、すぐに全身から力が抜けていく。どうやら、佳澄は人の髪を洗うことに慣れているようだ。

「痒いところはないですか」

背後からやさしく声をかけてくれる。まるで美容院にいるような感覚になってきた。

「大丈夫です……もしかして、美容師さんだったんですか？」

「わたしは、ただの主婦ですよ。以前は夫の会社の事務員でした」

佳澄はそう言って、ふふっと笑った。

「洗うのが上手なので、もしかしてと思ったんです」

「主人の髪をいつも洗っているので……」

ふいに佳澄が黙りこんだ。

そういえば、旦那はどんな人なのだろうか。どういう仕事をすれば、これほど大きな家に住めるのか興味があった。

「旦那さんは、なにをされている方なのですか」

思いきって尋ねてみる。

ふだんなら絶対に聞いたりしないが、この状況なら多少踏みこんでも大丈夫な気がした。

「代々受け継いだ土地があって、それを貸しているんです。市内にいくつかビルも持っています」

佳澄がポツリと答える。

つまりは不動産業ということだろう。佳澄は夫が経営する会社に就職して、そこで見初められたらしい。

「いい方と巡り会ったんですね」

金持ちの家に生まれた旦那がうらやましい。家業を継いで、こんなにきれいな女性と結婚できるのだ。もし生まれ変わったら、自分も金持ちの家の子供になりたいと強く思った。

「確かに裕福ですけど……」

なにやら歯切れが悪い。恵まれているように見えるが、生活に不満があるのだろうか。

「髪、流しますね。目をつぶってください」

佳澄は桶で浴槽の湯を掬うと、頭にかけてくれる。二度三度とくり返して、シャンプーがしっかり流れた。

「では、背中を洗いましょう」

ボディソープを手に取り、泡立てはじめる。そして、手のひらを背中にそっと押し当てた。

「手で洗うんですか？」

柔らかい手のひらの感触にドキリとする。肩ごしに背後を見やると、佳澄が微かに頬を染めていた。

「垢すりを使うより、手のほうが肌にやさしいそうです」

「な、なるほど……」

航太朗もそんな話を聞いたことがある。しかし、女性の手でヌルヌルと洗われると、おかしな気持ちになってしまう。

佳澄はふたつの円を描くように、左右の手のひらを動かしている。肩甲骨のあたりを撫でまわしては、指先で脇の下や脇腹をさりげなく撫でていく。そのたびに体がピクッと反応してしまうのが恥ずかしい。

「夫とは年が離れているんです」

佳澄は背中をゆったり撫でながら、再び語りはじめる。

「年が違いすぎるから、話が合わなくて……それに、夫は仕事ばかりでかまってくれないんです」

「でも、今が幸せならいいと思います」

なにやら愚痴っぽくなりそうだ。なんとか軌道修正を試みるが、佳澄がため息を漏らすのが聞こえた。

「そうですけど……三十も違うと、いろいろ不自由があります」

「えっ、三十ですか？」

聞き間違いだと思って確認する。

いくらなんでも、三十歳違いということはないだろう。しかし、芸能人のニュースを見ていると、年の差婚が結構ある。年配の俳優や芸人が、若い奥さんをもらうことはめずらしくない。

（いやいや、それは芸能人の話だから……）

心のなかで自分にツッコミを入れる。

実際のところ、佳澄と夫はいくつ違いなのだろうか。十と言ったのを三十と聞き間違えただけの気がする。

「結婚して五年になります。夫は六十五歳で、わたしは三十五歳なんです。夫は再婚なんです」

佳澄の言葉に驚かされる。

どうやら、聞き間違いではなかったらしい。三十も離れていれば、話が合わないのも当然だ。結婚したとき、旦那はすでに六十歳だったことになる。育ってきた時代が違うので、仕事と家庭のバランスや考え方も異なるのではないか。

「夫は仕事がいちばんだから……結婚する前は、バリバリ働く姿が格好よく見えたんですけど……」

いざ結婚すると、仕事中心の生活スタイルが不満になったようだ。

「それに、あっちのほうが……」

佳澄が言いにくそうにつぶやいた。

（もしかして……）

あっちとは、エッチのことではないか。

脳裏に浮かんだのは、夫婦の夜の営みだ。六十五歳の夫はどのように佳澄を抱くのだろうか。熟練のねちっこい愛撫で、執拗に責め立てるのかもしれない。そんな夜の生活が、佳澄は苦痛になっているのではないか。

（や、やばい……）

想像したことで、ペニスがむくむくとふくらんでしまう。

背中を撫でられるのも刺激になっている。佳澄の位置からは見えないが、それでも前屈みになって股間を隠した。

「そんなに大変なんですか？」

前を向いたまま尋ねる。こんな状況でも興味を抑えられなかった。

「ええ……すっかりダメになってしまったんです」

佳澄の声はひどく淋しげだ。

それを聞いて、自分の考えが間違っていたことに気がついた。熟練の愛撫どころか、夫は精力が減退しているらしい。

「結婚して、抱いてくれたのは最初の一年だけで……」

ということは、四年もセックスレスということになる。

その間、佳澄は熟れた身体を持てあましていたのだろうか。毎晩、火照る身体を自分で慰めていたのではないか。そんな姿を想像すると、かわいそうに思うと同時に興奮が湧きあがった。

4

「航太朗さん……」

佳澄が背後でささやく。

その直後、柔らかいものが背中に触れた。双つのプニュッとした感触は乳房に間違いない。しかも、いつの間にかバスタオルをはずして、ナマの乳房が直接触れているのだ。

「な、なにをしてるんですか?」

突然のことに驚き、全身が硬直した。

背中にはボディソープが付着しているため、柔らかい乳房がヌルヌル滑る。妖しい感触に胸の鼓動が速くなり、ペニスがさらに反り返った。

「厚かましいお願いですけど、夫の代わりに慰めてもらえませんか?」

佳澄は身体を密着させて、唇を航太朗の耳もとに寄せる。熱い吐息が吹きかかり、背すじがゾクゾクするような刺激が走り抜けた。

「ううっ……」

ペニスがさらに硬くなって反り返る。

この状況で興奮を抑えることなどできるはずがない。人妻の乳房が背中に密着して、耳穴に熱い息を吹きこまれている。さらには彼女のボディソープにまみれた右手が、前にまわりこんでペニスをつかんだ。

「ああっ、硬い……すごく硬いです」

佳澄が喘ぐようにささやき、太幹をしごきはじめる。シャボンが付着しているので、ヌルヌル滑るのがたまらない。

「くううッ、み、水田さんっ」

「今は名前で呼んでください」

「か、佳澄さん……い、いけません」

理性の力を総動員してつぶやいた。

興奮しているのは事実だが、欲望に流されるわけにはいかない。なにしろ、佳澄は人妻だ。いくら向こうから誘われたからといっても、決して手を出してはならない相手だ。

「お願いします。わたし、淋しいんです」

佳澄がペニスをねっとりしごきながら懇願する。

手つきは淫らだが、ささやく声には悲哀が滲んでいた。四年前から夫に抱いてもらえず、よほどつらい思いをしているに違いない。女盛りの熟れた身体に、欲求不満をためこんでいるのだ。

(でも、やっぱり……)

もし旦那にバレたら大変なことになる。

莫大な慰謝料を請求されて、借金を背負うことになるかもしれない。客に手を出したことで、会社もクビになるだろう。仕事を失って金を返せなくなり、人生を棒に振ることになるのではないか。

(ダメだ……絶対にダメだ)

我慢汁を垂れ流しながらも、心のなかで自分に言い聞かせる。

そのとき、佳澄が左手を胸板にまわして乳首を転がしはじめた。ボディソープの泡を塗りつけると、ネチネチと転がす。ペニスと乳首を同時に刺激されて、快感がさらに跳ねあがった。

「ううぅッ、そ、それ以上は……」

懸命に理性を保ちつづける。奥歯をグッと食いしばり、両手の爪を自分の太腿に突き立てた。

「夫のことなら、心配ないですよ」

ふいに佳澄が耳もとでささやく。

快楽に抗いつづける航太朗を見て、心情に気づいたのかもしれない。安心させるように、穏やかな口調で語りはじめた。

「夫は自分が満足させられないことを気にしているんです。それで、ほかの男性と遊んでもいいと言ってくれています」

「ま、まさか、そんなこと……」

すぐには信じられない。いくら精力が減退しているとはいえ、妻の浮気を許す男がいるだろうか。

「本当なんです。俺は若い妻をもらっただけで満足してるんだって、それが口癖になっています」

佳澄の言葉を聞いて納得する。

旦那は富と美しい妻を手に入れて、最高に満足しているのではないか。

「遊ぶのは構わないけど、本気になるなと言われています」

つまり航太朗とも遊びでセックスするということだ。

すでに何度も若い男を誘惑して、浮気を楽しんでいるのではないか。上品な顔をしているが、男漁りをくり返してるのかもしれない。

（それなら、俺も……）

考えれば考えるほど心が揺れる。

佳澄のような美しい人妻とセックスできるチャンスはまずない。しかも、旦那公認で後腐れなく遊べるという。すでにペニスは臨戦態勢で、熱い膣に挿入したくてたまらない。

「ほら、こんなに硬くなってますよ」

佳澄がささやいて耳たぶを甘噛みする。その間も右手ではペニスをしごき、左手では乳首を転がしつづける。

「で、でも……」

「先っぽから、お汁がいっぱい溢れてます」

航太朗が躊躇すると、佳澄はほっそりした指先で亀頭を撫でまわす。我慢汁とボディソープがまざってヌルヌルと滑った。

「くううッ……か、佳澄さんっ」

もう、これ以上は我慢できない。たまらなくなって振り返ると、いきなり佳澄の唇が重なった。

「航太朗さん……はンンっ」

舌がヌルリッと入りこみ、口内を隅々まで舐めはじめた。

突然のディープキスだ。柔らかい舌が、ねちっこく口腔粘膜を這いまわる。甘い唾液を口移しされて、反射的に飲みくだした。

佳澄は両手を航太朗の後頭部にまわすと、舌をさらに深く侵入させる。上顎をくすぐったかと思うと、困惑して縮こまっている舌をからめとり、唾液といっしょにジュルジュルと吸いあげた。

（ううウッ、す、すごい……）

たまらず腹のなかで唸った。

もはや航太朗はされるがままになっている。キスがこれほど気持ちいいとは知らなかった。ペニスはますます硬くなり、大量の我慢汁を吹きこぼしている。欲望がふくらんで、理性がドロリと溶けていく。

航太朗の唾液を何度も飲みくだすと、佳澄はようやく唇を離した。そして、潤んだ瞳でじっとり見つめる。

「わたしとセックス、してもらえますか?」

甘い吐息が鼻先をかすめる。

そんなことを言われて、拒絶できるはずがない。航太朗はディープキスの余韻でうっとりしながら、ほとんど無意識のうちにうなずいた。

「うれしい……」

佳澄が安堵したように目を細める。

「本当は、ドキドキしていたんです」

心情を吐露するような声だった。

ふと違和感を覚えた。男漁りをくり返している女性とは思えない。照れている表情は、最初の印象どおり上品な人妻だった。

もしかしたら、懸命に淫らな女を演じていたのかもしれない。積極的に迫っていたが、内心は不安だったのではないか。旦那が許しているとはいえ、実際に浮気をするのは、これがはじめてに違いない。その証拠に、佳澄は緊張の糸が切れたように瞳を潤ませていた。

「お、俺も……うれしいです」

航太朗も気持ちを言葉にする。

たとえ遊びでも、身体を重ねるのは同じだ。その一瞬だけでも、心をひとつにしたかった。

「やさしいんですね。ありがとうございます」

佳澄は礼を言うと、桶で浴槽の湯を掬って航太朗の体にかける。

さらに自分の身体に付着しているボディソープも洗い流した。そして、裸体を見せつけるように、ゆっくり立ちあがった。

(か、佳澄さん……)

航太朗は思わず両目を見開いて息を呑んだ。熟れた女体の色香に圧倒されて、言葉が出なくなってしまう。

乳房はたっぷりしており、下膨れしている。いわゆる釣鐘形というやつだ。志津香も大きかったが、さらにボリュームがある。乳首は紅色で、乳輪のサイズは五百円硬貨ほどあるだろうか。少し大きめなのが卑猥で、ついつい視線が吸い寄せられる。

腰はくびれており、尻にかけて脂がたっぷり乗っている。恥丘を彩る陰毛は漆黒で、きれいな楕円形だ。全体的にむっちりして、むせ返るようなフェロモンが溢れ出ていた。

「ああっ……」

佳澄は喘ぎまじりに息を吐くと、足を肩幅ほどに開く。なにをするのかと思えば、股間を突き出して女性器を晒した。

(こ、これは……)

目が釘付けになり、腹のなかで唸った。

航太朗は風呂椅子に座っているため、目と鼻の先に女性器が迫っている。陰唇は毒々しいほど赤く、すでに華蜜でぐっしょり濡れていた。しかも、新鮮な赤貝のようにウネウネと蠢いているのだ。

発情しているのは間違いない。

志津香とも汐理とも異なる熟成した女陰が、男根を求めて透明な愛蜜を滴らせている。ふだんの上品な姿からは想像がつかないが、自分ひとりでは消化しきれない欲望をためこんでいたのだろう。

「こんなおばさんでも大丈夫ですか?」

佳澄が恥ずかしげにつぶやく。濡れた裸体を夫以外の男に晒して、頬をまっ赤に染めていた。

「も、もちろんです……」

航太朗は興奮で声を震わせながら立ちあがる。

ペニスはとっくに立ちあがっており、これでもかと反り返っていた。亀頭は水風船のように張りつめて、今にも破裂しそうになっていた。

5

「こんなに元気になって……素敵です」

佳澄は雄々しく屹立した肉棒をうっとり見つめる。そして、背中を向けて前屈みになると、浴槽の縁に両手をついた。

「うしろから、お願いしてもいいですか?」

濡れた瞳で振り返り、恥ずかしげにおねだりする。

色っぽい表情にドキリとして、ペニスがビクンッと跳ねあがった。我慢汁がとまらなくなり、亀頭と太幹を濡らしていく。入るべき穴を探し求めて、鎌首をもたげた剛根がゆらゆらと揺れていた。

「こ、この格好で挿れるんですか？」

彼女の背後に立つが躊躇する。

なにしろ、立ちバックどころか、普通のバックも経験がないのだ。うまく挿入できるか、自信がなかった。

「はい……思いきり突いてください」

佳澄の唇から、そんなはしたないセリフが紡がれるとは驚きだ。

航太朗は両手を伸ばして、むっちりした尻たぶにあてがった。熟れた双臀は想像よりも、はるかに柔らかい。指を軽く曲げるだけで、いとも簡単に沈みこんでいく。

（なんて柔らかいんだ……）

感激しながら、双つの尻たぶを揉みあげる。すると、佳澄が焦れたように腰をよじった。

「あンっ、早く挿れてください」

触れられたことで、我慢できなくなったらしい。

一刻も早く挿入したいのは航太朗も同じだ。臀裂を左右に開き、屹立したペニスの先端を赤々とした陰唇に押し当てる。挿入を試みるが、ヌルリッと滑って上のほうに逃げてしまう。

「はあンっ……」

佳澄が恨めしげな瞳で振り返る。

もしかしたら、わざと焦らされていると思ったのかもしれない。四年もセックスから遠ざかっているのだ。勃起したペニスを押し当てられて、もう我慢できないほど昂っているに違いない。

しかし、何度やっても、亀頭は陰唇の表面を滑ってしまう。どうしても、挿入することができずに焦っていた。

「あンっ……航太朗さん」

「す、すみません……じつは、立ちバックがはじめてで……」

追いつめられて、仕方なく打ち明ける。

実際は普通のバックもやったことがない。セックス自体も、まだ二回しか経験がないが、嘘をついたわけではなかった。

「ごめんなさい。そうだったんですね」

佳澄は申しわけなさそうにつぶやいた。

テンションがさがったらどうしようかと思ったが、そういうわけではないらしい。右手を背後に伸ばして、太幹にそっと指を巻きつけた。

「うっ……」

「お手伝いさせてください」

亀頭を膣口に導いてくれる。先端が陰唇の狭間に浅く沈んで、クチュッという湿った音を立てた。

「ここです。そのまま、ゆっくり……」

「は、はい……んんっ」

彼女の声に従って、腰を慎重に押し出していく。すると、亀頭が膣口に沈みこんで、カリ首がキュウッと締めつけられた。

「くううッ、は、入った」

「はあああッ」

航太朗の呻き声と佳澄の喘ぎ声が重なった。

まだ亀頭が入っただけだが、熱い膣粘膜に包まれて快感が押し寄せる。まるで歓迎するように膣襞が蠢き、ペニスを奥へ奥へと導きはじめた。

「ううッ、す、すごい……」

女壺に誘われるまま、腰を押し進める。亀頭が媚肉をかきわけて、ズブズブと入っていく。なかはたっぷりの華蜜で潤っているため、久しぶりのセックスでも剛根を簡単に受け入れた。

「こ、これです……これが欲しかったんです」

佳澄が歓喜の涙を流しながら振り返る。

その言葉を裏づけるように、女壺が激しくうねっている。無数の襞がペニスにからみついて、四方八方から揉みくちゃにしていた。

「ぬううッ」

とっさに足指で床板をグッとつかむ。そうやって、急激にふくれあがった射精欲を懸命に抑えこんだ。

快感に耐えながらペニスを根もとまで挿入する。その状態で両手を前にまわして、たっぷりした乳房を揉みしだいた。柔肉の感触が興奮を呼び、ペニスに受ける快感が倍増する。自然と腰が動きはじめて、張り出したカリで膣壁をゴリゴリと擦りあげた。

「ああッ、い、いいっ、すごくいいですっ」

佳澄の唇から喘ぎ声がほとばしる。檜の浴槽に両手の爪を食いこませて、背中を弓なりに仰け反らせた。

そんな彼女の反応が、牡の欲望に火をつける。もっと喘がせたいと思い、本格的なピストンを開始した。両手でむっちりした腰をつかむと、勢いよくペニスを出し入れする。

「は、激しいですっ、はあああッ」

佳澄が大声で訴える。すすり泣くような喘ぎ声が風呂場に反響することで、艶めかしさが倍増した。

「おおッ……おおおッ」

快感が大きくなり、航太朗は唸ることしかできない。

股間をリズミカルに打ちつけることで、尻たぶがパンッ、パンッという小気味よい音を響かせる。その音が興奮を煽り立てて、さらにピストンスピードがアップした。

「ああッ、突いてっ、もっと突いてくださいっ」

佳澄は貪欲に快楽を求めつづける。さらなる刺激を欲して、自ら尻を後方に突き出した。

「あああぁッ」

ペニスが深く埋まり、佳澄の顎が跳ねあがる。

どうやら膣の奥が感じるらしい。女壺が思いきり収縮して、尻たぶにブルルッと震えが走り抜ける。膣道全体が意志を持った生きもののようにうねり、ペニスに快楽を送りこんできた。

「き、気持ちいいっ、ぬうううッ」

こらえきれずに快感を訴える。

射精欲がふくらみ、もう力をセーブすることができない。全力で腰を振り、ペニスを膣道の奥まで送りこむ。亀頭で子宮口を何度もノックするうちに、女体の反応も大きくなった。

「そ、そこ、すごいのっ、はあああッ」

「ううッ、そ、そんなに締めつけられたら……」

「だ、だって……あああぁッ」

佳澄の唇からよがり泣きがほとばしる。膣奥をガンガン突くことで、膣の締まりが強くなった。

「くおおおッ、か、佳澄さんっ」

航太朗も獣のような咆哮を轟かせる。

もう我慢汁がとまらない。睾丸がキュウッとあがり、最後の瞬間が確実に近づいている。頭のなかがまっ赤に染まって、射精することしか考えられない。熟れた尻を抱えこみ、高速でペニスを出し入れする。

本能にまかせたピストンだ。カリで膣壁を擦り、亀頭を女壺の最深部にたたきつける。佳澄の喘ぎ乱れる姿が、航太朗のなかの牡を覚醒させて、抽送はどこまでも激しさを増していく。

「おおおッ……おおおおッ」

「ああッ、い、いいのっ、あああぁッ」

佳澄もピストンに合わせて腰を振る。尻を前後に動かして、ペニスを奥の奥まで受け入れた。

ふたりの動きが一致することで、絶頂の大波が生じて迫ってくる。その間も男根を抜き差しして、快楽をどこまでも高めていく。絶頂は凄まじい嵐となって押し寄せると、瞬く間にふたりの身体を呑みこんだ。

「か、佳澄さんっ、お、俺、もうっ……」

「あああッ、わ、わたしも、あああああッ」

言葉を交わした直後、ついに快感が限界を突破して暴走する。ザーメンが尿道を駆け抜けて、堰を切ったように噴き出した。

「くおおおおッ、で、出る出るっ、ぬおおおおおおおおおッ！」

頭のなかが灼け爛れるような感覚に襲われる。人妻のなかに放出する背徳感が愉悦を高めて、たまらず野太い声を振りまきながら絶頂した。

「ひあああッ、あ、熱いっ、ひいッ、イ、イクッ、イックうううッ！」

佳澄は大量のザーメンを膣奥で受けとめると、ヒイヒイ喘ぎながらアクメに昇りつめる。突き出した尻をはしたなく振り、さらなる射精をうながすようにペニスを締めつけた。

「き、気持ちいいっ……気持ちいいっ」

同じ言葉をくり返し、射精しながら腰を振りつづける。

ザーメンを噴きあげている最中に刺激を与えると、悦楽で頭のなかがまっ白になっていく。なにも考えられなくなり、全身の筋肉が感電したようにビクビクと痙攣した。

「はううッ、い、いいっ、いひいいいッ」

佳澄も涎れを垂らしながら絶頂しつづける。夫以外の男根を締めつけて、久しぶりのオルガスムスを堪能した。

風呂場にふたりの声が響きわたる。

航太朗は熟れた女体をしっかり抱きしめて、睾丸のなかが空になるまで精液を放出した。

第四章　二人きりの森

1

最近、雨が多い気がする。

梅雨なのだから当たり前だが、雨に当たる回数が増えていた。ここのところ青空を見ていなかった。

「今日も雨か……」

航太朗は自分のデスクから窓の外を見つめていた。

灰色の空がひろがっており、雨がしとしと降っている。湿度が高くてじっとりしているのが不快だが、あと少しの辛抱だ。

（それにしても……）

モニターの陰から志津香の姿をうかがう。

今日も志津香は背すじをすっと伸ばしてパソコンに向かっていた。整った顔を見ているだけでうっとりして、思わずため息が漏れてしまう。人妻だとわかっているが、惹かれる気持ちを抑えられなかった。

人妻といえば、佳澄と関係を持ってから一週間が経っていた。

先日、ウォーターサーバーの水タンクを納品しに行った。もしかしたら、また誘われるかもしれないと期待したが、佳澄はなにごともなかったように振る舞っていた。

遊ぶのは構わないけど、本気になるなと夫に言われたという。きっと、その言葉を守って、航太朗と距離を取るつもりなのだろう。

（佳澄さんとはじめて会った日も雨だったな……）

ふと思い出す。

あの日は突然の雨で、佳澄を手伝って洗濯物を取りこんだ。それがきっかけで距離が縮まり、契約が取れたうえにセックスできた。航太朗としてはついていたが、なにかが心に引っかかる。

水道修理業者の汐理のときは、雨こそ降らなかったがびしょ濡れになった。その結果、どういうわけかセックスした。

なぜか水にかかわることが多く起きている。

単なる偶然だと思うが、なんとなく気にはなってしまう。しかし、梅雨に外まわりの営業をしていれば、雨に当たることが多いのは当然だ。昨年もこの時期は何度もずぶ濡れになっていた。

偶然でかたづけようとする。そのとき、視線の先にいる志津香が、ふいにこちらを向いた。

(な、なんだ?)

目が合ったことで、心臓がバクンッと音を立てる。

志津香は相変わらず無表情だが、ほかの人に向ける瞳とは違う気がした。そんなことを考えてしまうのは、自分の勝手な思いこみだろうか。惹かれるあまりに都合のよい解釈をしているのかもしれない。

(そういえば、志津香さんのときも……)

あれは決起集会から帰るときだった。

突然の雨に降られて、ラブホテルに避難した。そして、はじめてのセックスを経験したのだ。

よくよく思い返すと、志津香がいるときは雨が降る確率が高い気がする。それどころか、晴れている日は一度もない気がしてきた。

(いやいや、まさかそんな……)

ただの偶然だと思う。

航太朗が覚えていないだけで、きっと晴れている日もあったはずだ。いくらなんでも、志津香といるときにはすべて雨などありえなかった。

電話が鳴って、はっと我に返る。

かかってきた電話は、若手が受けるのが暗黙の了解だ。航太朗はすかさず受話器を手に取った。

「はい、ネクストアクア営業部です」

とっさに背すじを伸ばして応対する。

「あの、そちらに斉藤航太朗さんという方はいらっしゃいますか」

若い女性の声だ。

いきなり自分の名前が出てドキリとする。苦情の電話だろうか。聞き覚えのある声だが、すぐには思い出せない。

「斉藤は、わたしですが……」

恐るおそる答えると、受話器の向こうでくすりと笑う気配がした。

「わたしです。水道を修理した海野です。覚えてますか？」

そう言われて、すぐに愛らしい顔が脳裏に浮かんだ。

失敗してずぶ濡れになり、泣いていた顔をよく覚えている。そして、思いきり腰を振り合って、快楽を共有したのだ。

「もちろん、覚えています」

懸命に平静を装って受け答えする。

セックスした相手と電話していると、周囲の社員に悟られたくない。とくに志津香には知られたくなかった。

もしかしたら、デートの誘いではないか。関係を持ったのは一度きりだ。が、ふたりの相性は悪くなかったと思う。あの日のことがきっかけで、交際に発展してもおかしくないだろう。

「じつは、ウォーターサーバー使ってみたいんです」

汐理の言葉を聞いて、一気に現実に引き戻された。

（そりゃそうだよな……）

心のなかでつぶやき、思わず苦笑する。

これまでモテた例しなどない。セックスしたとはいえ、一度しか会ったことのない相手だ。しかもあのときの汐理は失敗して動揺していた。ただ慰めただけでつき合えるはずがなかった。

「でも、よくわからないから、航太朗さんに教えてもらおうと思って」

汐理はさりげなく「航太朗さん」と呼んだ。

一度とはいえ、身体の関係を持っている。そのせいか、名前で呼ばれても、ごく自然に受け入れることができた。

「それなら、無料モニターを申しこんでみませんか。一カ月、実際に使ってみて、それから契約するか検討できます」

うまくいけば契約につながるかもしれない大切な話だ。なんとかテンションをあげて説明した。

「無料モニターですか。試してみたいです」

汐理が弾むような声で返事をする。そこからはトントン拍子で、無料モニターに申しこむことが決まった。

「では、来週の水曜日の午後一時に、ウォーターサーバーを搬入させていただきます」

最後に確認して電話を切ろうとする。

「あの、少しお時間をいただけませんか」

汐理が遠慮がちに切り出した。

「設置したあと、ということですか？」

「いえ、今度の日曜日なんですけど、ちょっとだけつき合ってもらいたいんです」

今度の日曜日といえば明後日だ。

ここで断れば、モニター契約を破棄されてしまうかもしれない。なんとか契約につなげたいという思いがあった。しかし、日曜日になにをするつもりなのだろうか。

「じつは、釣りが趣味なんです。航太朗さんといっしょに行きたいなと思ってるんですけど……ダメですか」

これはデートの申しこみではないか。思いがけない展開で、一気にテンションがあがった。

「も、もちろん――」

つい声が大きくなり、周囲を見まわした。

近くにいた社員たちが注目している。だが、志津香は気にすることなく、モニターを見つめていた。

(俺のことなんて……)

万が一、志津香が気にしていたら断ったかもしれない。しかし、チラリとも見ようとしなかった。

「もちろん、大丈夫です」

受話器に手をあてがうと、声を潜めて返事をする。

「本当に大丈夫ですか?」

「おうかがいいたします。日曜日ですね」

集合時間と場所を確認して電話を切る。

もう一度、志津香を確認するが、やはり航太朗のことなど微塵も気にしていないようだった。

(だよな……)

思わず小さく息を吐き出した。

淋しいけれど仕方がない。一度、セックスできたからといって、期待するのは間違っている。あれは奇跡が起きたと思うしかない。それどころか、夢だったような気さえしてきた。

志津香は人妻だ。航太朗がどんなにがんばったところで、決して手の届かない高嶺の花だった。

2

日曜日――。

航太朗は駅で汐理と待ち合わせをすると、路線バスに乗って郊外にある山に向かった。

この日の汐理は、黄色のショートパンツにごつい編みあげのブーツ、それに白いTシャツという服装だ。愛らしい顔からはちょっと想像がつかないアウトドア派で、夏は釣り、冬はスノーボードが趣味だという。

一方の航太朗はジーンズにポロシャツという格好だ。

釣りの経験はなく、釣り竿も持っていない。そのことを事前に伝えると、汐理が釣り竿を貸してくれるという。釣り道具だけでなく、キャンプ用品もいろいろそろっているというから意外だった。

汐理は釣り竿を入れるケースとクーラーボックスを持参している。航太朗は手ぶらなので、クーラーボックスを持つことにした。

そして今、航太朗と汐理はバスの座席に並んで腰かけている。

肩が触れ合っているのが落ち着かない。視線をさげれば、ショートパンツから剝き出しの太腿が目に入ってドキドキした。

「そんな格好で、虫に刺されたりしないんですか？」

素朴な疑問をぶつけると、汐理は楽しげに笑った。

「虫除けスプレーをしてるから大丈夫です。それに今日は藪のなかに入るわけじゃないから、この格好でもいいんです」

「へえ、そうなんですか……」

健康的な太腿をチラチラ見ながらつぶやく。すると、汐理は視線に気づいたのか、手のひらで自分の太腿を覆った。

「なんか恥ずかしいです」

「ご、ごめん、つい……」

気を悪くしたのかと思って、慌てて謝罪した。

「いいんです。この格好、かわいいでしょ？」

「そ、そうだね」

同意すると、汐理は頬を桜色に染めあげる。そして、いきなり航太朗の腕に抱きついた。

「ちょ、ちょっと……」

Tシャツの乳房のふくらみが、肘に押し当てられてプニュッとひしゃげる。柔らかい感触が伝わり、胸の鼓動が速くなった。

「ふふっ、なんか楽しいです。最近はいつもひとりだったから」

さりげなく放った言葉に、彼女の心情が滲んでいる気がした。

確か大学を卒業して、恋人と別れたという話だった。きっとつき合っていたころは、彼氏といっしょにアウトドアを楽しんでいたのではないか。ひとりでは盛りあがらず、航太朗に同行を頼んだのだろう。

「今さらだけど、俺でよかったんですか？」

「はい。航太朗さんとなら、きっと楽しいと思ったんです。今日はデートですから、わたしのことも名前で呼んでくださいね」

確かに、そのほうが楽しいかもしれない。しかし、いざ呼ぶとなると緊張してしまう。

「し、汐理ちゃん……」

思いきって口にする。羞恥がこみあげて、耳が熱くなるのがわかった。

「うれしいっ」

汐理がはしゃいだ声をあげる。

愛らしい顔に笑みを浮かべると、ますます強く腕に抱きついた。そんな汐理がかわいくて、航太朗も抱きしめたくなってしまう。まるで学生時代に戻ったような気持ちになっていた。

路線バスを降りて、汐理に案内されるまま山道を歩いていく。

空を見あげると、雲が出ている。快晴とは言えないが、今のところ雨は降っていなかった。

(このまま持ってくれればいいけどな……)

一抹の不安は拭えない。

天気がはっきりしないせいか、ほかに歩いている人はいなかった。もしかしたら降るのかもしれない。だが、汐理は気にする様子もなく歩いていく。山になれているようなので、まかせておけば大丈夫だろう。

緩やかな登り坂を三十分ほど歩いて、航太朗は全身汗だくなっていた。息もあがり、もう無理だと思ったとき、汐理が脇道を指さした。

「この先に川があるんです。すぐそこですよ」

そう言われると、川のせせらぎが聞こえる。

水の音を耳にしただけで、不思議なもので少し涼しくなった気がした。木々が生い茂る脇道を進むと、すぐ河原に出た。

大きな岩がゴロゴロしており、奥には小さな滝が見える。川面を吹き抜ける風はひんやりしており、なかなか気持ちのいい場所だ。ほかに釣り人の姿はないため、貸し切り状態なのも気楽でよかった。

「航太朗さんは、この竿を使ってください」

汐理が釣り竿を準備してくれる。

「ところで、なにが釣れるんですか?」

釣り竿を受け取ると、今さらながら質問した。

釣りにまったく興味がないので、そもそもどんな魚が釣れるのかわかっていなかった。

「ヤマメかイワナが釣れたらいいですね」

「なるほど……」

尋ねておきながら、魚の名前を聞いても今ひとつピンと来ない。そんな航太朗の様子を見て、汐理はやさしげに微笑みかける。

「なにも釣れなくても、この雰囲気を楽しめればいいんです」

「そういうものですか」

「自然のなかにいると、気持ちいいじゃないですか」

確かにそうかもしれない。

空気が澄んでいて緑も目に心地よい。水の流れる音を聞いているだけで、心が穏やかになる気がした。

「餌はこのブドウムシを使います」

汐理が釣具店で買ってきたという餌の入ったケースを見せてくれる。

白い幼虫がウネウネと蠢いており、鳥肌が立つほど気持ち悪い。あとずさりしそうになるのをこらえて、思わず眉間に皺を寄せた。

「こ、これが餌ですか？」

「蛾の幼虫です。食いつきはいいですよ」

汐理はそう言って、ブドウムシを指先で摘まむ。そして、手本を見せるように針の先にあっさりつけた。

「こんな感じです。やってみてください」

目の前にブドウムシの入ったケースを差し出される。

正直なところ触りたくない。しかし、汐理がやったのだから、いやとは言えなかった。

「気持ち悪くないですよ。柔らかくて、かわいいくらいです」

「えっ、これが？」

思わず驚きの声をあげてしまう。すると、汐理はなぜか恥ずかしげに肩をすくめて、ふふっと笑った。

（なんだ？）

意味がわからず首をかしげる。

不思議に思いながら、思いきってブドウムシを摘まみあげた。人さし指と親指の間で、幼虫が身をよじらせる。柔らかい表面の感触が気色悪くて、急いで針の先につけた。

（ううっ、気持ち悪い……）

心のなかで呻いたとき、汐理が横から笑いかけてきた。

「この感触、なにかに似てませんか？」

そう言われて、ようやく彼女の考えていることがわかった。

――柔らかくて、かわいい……この感触が好きなんです。

汐理の言葉を思い出す。

セックスしたあと、汐理は萎えたペニスに触れてそう言った。ブドウムシを摘まんで、ペニスを思い浮かべていたのだろう。確かにプニプニした感触は似ていなくもない。

（それにしても……）

ふたりきりの状況で、そんなことを話題にするとは意外だった。

汐理はなにかを期待しているのではないか。もしかしたら、今日もセックスするつもりなのかもしれない。

（でも、俺は……）

脳裏には志津香の顔が浮かんでいる。

人妻だとわかっているが、どうしても気になってしまう。こうして汐理とデートしていても、志津香のことが忘れられなかった。

「あとは釣るだけですよ」

汐理は弾むような足取りで川に向かう。岩に腰かけると、さっそく釣り糸を川に垂らした。

航太朗も汐理の真似をして近くの岩に座った。

釣り糸を川に垂らすと水面を見つめる。キラキラ光っているため、水のなかは確認できない。それでも目を細めれば、ときおり魚の影がチラリと見えた。ヤメかどうかはわからないが、魚がいることだけは確かだ。

しかし、魚はそう簡単にかかるものではないだろう。

汐理もじっと水面を見つめている。釣り糸を垂らしたら、あとはのんびり待つだけだ。

釣りが好きな人は、こういう時間も楽しいと聞いたことがある。だが、初心者の航太朗は落ち着かない。いつ糸が引かれるかわからないので、チャンスを逃さないように前のめりになっていた。

水の流れがあるので、糸は常に揺れている。魚がかかって引いているのか、よくわからなかった。

(全然、かからないな……)

十分ほど経っただろうか。

早くも集中力が途切れてきた。汐理はすでに何匹か釣っているらしく、クーラーボックスの蓋を開け閉めしている。経験者との差は歴然だ。なんとか一匹でも釣ろうと、水面をグッとにらみつけた。

しかし、二十分経っても、三十分経っても、いっこうに釣れる気配がない。気合が入りすぎているのが、いけないのかもしれない。こちらの緊張が伝わり、魚が寄ってこないのではないか。

そう簡単に釣れるとは思っていない。しかし、まったく動きがないと、だんだんつまらなくなってきた。

「航太朗さん」

大きなあくびを連発していると、汐理が立ちあがって手を振った。

「場所を変えてみましょう」

釣れる場所を探して移動するらしい。

航太朗も立ちあがり、腰を伸ばして伸びをする。その直後、水の弾けるザブッという音が響いた。

「きゃっ！」

さらに汐理の小さな悲鳴が聞こえる。

はっとして視線を向けると、川の浅瀬で汐理が尻餅をついていた。両手を背後についていて、両膝を立てた状態だ。ショートパンツに包まれた下半身が、完全に水没していた。

「大丈夫ですかっ」

慌てて駆け寄り、彼女の手をつかんで立たせようとする。そのとき、濡れた石の上で足が滑ってバランスが崩れた。

「わっ……」

次の瞬間、水飛沫《しぶき》が派手にあがった。

航太朗も浅瀬で尻餅をついていた。ジーンズはもちろん、ボクサーブリーフまでびっしょり濡れてしまった。

ふたりとも尻餅をついた状態で視線を交わす。一瞬、沈黙が流れたあと、同時に大声で笑い出した。

「航太朗さん、なにやってるんですか」

「俺まで転んじゃったよ。ははははっ」

最初は慌てたが、自分も尻餅をついたことで空気が和んだ。

冬だったら大変だが、夏なのでなんとかなるだろう。汐理は涙を浮かべて笑っている。航太朗も笑いがとまらなくなっていた。同じ感覚を共有することで、また距離が縮まった気がした。

3

航太朗と汐理は立ちあがり、河原の木陰に向かった。

頭上に木の枝が張り出した場所で、足もとには雑草が生えている。そこにクーラーボックスと釣り竿を置いた。

ふたりとも下半身がびしょ濡れだ。下着まで濡れてしまったので、乾かさなければならなかった。

「誰もいないですよね」

汐理は周囲を見まわすと、ショートパンツをおろしはじめる。

ブーツを履いた足から抜き取り、白いパンティが剝き出しになった。パンティもびしょ濡れで、恥丘に密着している。薄い布地が濡れたことで、薄い恥毛の先に、縦に走る溝が透けていた。

「だ、大丈夫ですか？」

航太朗は慌ててあたりに視線をめぐらせる。

いくら山のなかとはいえ、人がいないとは限らない。しかし、汐理はショートパンツを木の枝にかけて干すと、頬をピンク色に染めながらパンティもおろしていく。

「ちょ、ちょっと……」

「だって、このままだと気持ち悪いでしょ」

確かにそのとおりだが、彼女の大胆な行動に驚かされてしまう。

すでに汐理はパンティも脱いで、下半身が露になっている。わずかにしか生えていない陰毛が、水で湿って恥丘に貼りついていた。

「航太朗さんも、乾かしたほうがいいですよ」

「でも……」

「わたしだけなんて、恥ずかしいです」

汐理は内股になり、懇願するように航太朗を見つめる。

そんな目を向けられたら、無下にできない。仕方なく航太朗もジーンズを脱いで、木の枝にかける。さらにはボクサーブリーフも引きさげて、スニーカーを履いた足から抜き取った。

これで航太朗も下半身を晒した状態だ。

水に浸かって冷えたペニスは縮こまっている。亀頭も皮をかぶっており、先端まで完全に隠れていた。雄々しく屹立した姿を知っている汐理は、それを見て楽しげに微笑んだ。

「かわいくなってますよ」

「ははっ……」

笑ってごまかすが、小さくなっているペニスを見られるのは恥ずかしい。

だからといって手で覆い隠すのは格好悪いし、なおさら羞恥が大きくなりそうだ。背中を向けるのも違うので、仕方なく仮性包茎のペニスを剝き出しのまま立ちつくした。

「大丈夫ですよ。わたしが大きくしてあげます」

汐理はそう言ってTシャツを脱ぐと、ブラジャーもあっさり取り去った。

これで彼女が身につけているのはブーツだけだ。小ぶりな乳房も愛らしい乳首もまる見えだ。くびれた腰や陰毛が貼りついた恥丘も、すべてが剝き出しになっている。

「ちょっと、さすがに――」

やめさせようとするが、途中で言葉を呑みこんだ。

木漏れ日が瑞々しい女体を照らしている。白くて染みひとつない肌が、自然光を浴びてなおさら輝いていた。

（きれいだ……）

思わず見惚れてしまう。

屋外で裸になるなど、あり得ないと思っていた。しかし、実際に目の当たりにすると、これがありのままの姿に感じる。もともと人間も大自然のなかで生活していたことを考えると、当然のことなのかもしれない。

「この木はなめらかですね」

汐理は近くにあった木の幹に触れて、表面の感触を確認する。そして、航太朗の手を取り、木の前に導いた。

「なにをするんですか」

「ふふっ……その木に寄りかかってください」

汐理は質問には答えることなく、航太朗を誘導する。

これからなにをされるのか、期待がふくれあがっていく。言われるまま、木の幹に背中を預けた。

「さて、なにをするのでしょうか？」

浮かれた様子でつぶやきながら、汐理が目の前にしゃがみこむ。そして、右手の指先で、縮こまっているペニスをそっと摘まんだ。

「やっぱり、プニプニしてますね」

手触りを確認するように、肉棒をやさしく撫でまわす。小さい状態だと皮がたるんでいるので、確かに幼虫のように柔らかい。この状態が、かわいらしく感じるようだ。

「こんなにかわいいのに、あんなに大きくなるんですね」

勃起した状態を想像したのかもしれない。汐理は遠い目をして、うっとりつぶやいた。

「そろそろ、大きくしちゃおうかな」

ピンク色の唇がペニスに近づき、熱い息をフーッと吹きかける。たったそれだけで甘い刺激がひろがり、腰にブルルッと震えが走った。

（まさか、外で……）

そう思った直後、柔らかい唇が亀頭に触れる。

やさしくチュッと口づけしたかと思うと、まだ小さいペニスを一気に根もとまで咥えこんだ。

「ううっ……」

熱い息に包まれて、またしても甘い刺激に襲われる。さらには唾液を乗せた舌がヌルヌルと這いまわった。

「し、汐理ちゃん……」

快感がひろがり、ペニスがふくらみはじめる。

汐理の唇はペニスの根もとに密着している。そのため、肉棒は喉の奥に向かって伸びていく。皮が自然に剝けて、亀頭がヌルリと露出する。そして、ついに亀頭が喉の奥に到達した。

「はむンンっ」

汐理が苦しげな声を漏らす。

喉を亀頭で突かれて、眉が情けない八の字に歪んだ。しかし、ペニスを吐き出すことなく、そのまま首をゆったり振りはじめる。唇が太幹の表面をヌルヌルと滑り、快感を送りこんできた。

「くううッ」

条件反射で顎が跳ねあがる。

すると、木々の枝が視界に入った。木漏れ日が輝いており、屋外にいることを強く意識する。

「そ、外で、こんなこと……」

思わずつぶやけば、汐理の首の動きが激しさを増す。

もしかしたら、彼女も屋外であることを意識して、興奮したのではないか。なにしろ、木陰でペニスをしゃぶっているのだ。誰か来る可能性もあるのに、淫らな行為に耽っている。そんな状況がさらなる興奮を生み出していた。

「あふッ、航太朗さん、はむううッ」

汐理がくぐもった声を漏らしながらフェラチオする。舌を亀頭にヌルヌル這わせては、頰を窪ませて太幹を吸いあげた。

「おおおッ、す、すごいっ」

たまらず快楽の呻き声が溢れ出す。

ペニスは完全に勃起して、雄々しく反り返っている。そこに柔らかい舌が這いまわっては、唇でやさしくしごかれた。

「うむッ、そ、そんなにされたら……」

射精欲がふくれあがり、航太朗は両手を背後にまわして木の幹をつかむ。必死に耐えようとするが、汐理の首振りは激しさを増していく。

「はむッ……うふッ……あふンッ」

唇が太幹の表面を滑り、リズミカルに擦りあげる。

全身の筋肉に力をこめるが、射精欲がどんどん膨張してしまう。屋外という特殊な状況が、興奮を加速させている。とてもではないが抑えきれず、熱い口内で欲望が噴きあがった。

「くうううッ、で、出るっ、くおおおおおおッ！」

低い呻き声を林のなかに響かせて、精液を思いきり放出する。

屋外でフェラチオされるのも射精するのも、はじめての経験だ。異常な興奮のなか、股間をグイッと突き出しながら、沸騰したザーメンを汐理の口内に二度三度と注ぎこんだ。

「あむううッ」

汐理は唇を太幹に密着させて、決して離そうとしない。精液を注ぎこまれるそばから、喉をコクコク鳴らして飲みくだす。舌先では尿道口をくすぐり、さらなる射精をうながした。

「おおおッ……おおおおッ」

航太朗は全身をガクガク震わせて、大量の精液を噴きあげた。

ようやく汐理がペニスから唇を離す。亀頭の表面に唇を滑らせて、ザーメンを一滴もこぼさないようにして顔をあげた。

「ああっ、いっぱい出ましたね」

ため息まじりにつぶやき、ねっとりした瞳で航太朗の目を見つめる。

つい先ほどまで釣り竿を握っていた右手で、今は極太の肉竿をしっかりつかんでいた。

4

「今度は俺が……」

航太朗は汐理の手を取って立ちあがらせる。そして、場所を入れ替えて、彼女を木の幹に寄りかからせた。

「なにをするんですか?」

汐理が瞳を潤ませながら質問する。

ペニスをしゃぶったことで興奮しているのだろう。内腿をもじもじ擦り合わせており、すでに乳首がぷっくり屹立している。期待に胸をふくらませているのは間違いなかった。

「お返しですよ。俺ばっかりでは悪いですから」

口ではそう言いながら、実際は汐理を喘がせたくて仕方がない。

自然に囲まれているせいか、牡の欲望がふくれあがっている。牝の啼《な》き声が聞きたくてたまらなかった。

ポロシャツを脱いで、上半身も裸になる。

これで航太朗が身につけているのはスニーカーだけだ。ペニスが勃起したままなのが滑稽だが、そんなことは関係ない。とにかく、普通ではない状況で、かつてないほど興奮していた。

汐理の目の前でしゃがみこむ。そして、彼女の左脚を持ちあげて、自分の右肩にそっと乗せた。

汐理は片足立ちになり、背中を木の幹に預けた状態だ。ちょうど彼女の膝の裏が肩にかかり、ふくらはぎが背中に触れている。脚を開くことになって、ミルキーピンクの陰唇が目と鼻の先に迫っていた。

「おおっ、よく見えますよ」

思わず唸り、瑞々しい割れ目を凝視する。そして、口をすぼめると、女陰に息をフーッと吹きかけた。

「あぁっ、は、恥ずかしい……」

汐理が羞恥を訴えて身をよじる。

しかし、本気で抗っているわけではない。これから起きることを期待して、大量の華蜜で割れ目を濡らしている。二枚の花弁はヌルヌルになり、物欲しげに蠢いていた。

（よし、いくぞ……）

女性器を口で愛撫するのは、これがはじめてだ。

慎重に口を押し当てる。とたんにクチュッという湿った音が響いて、陰唇の狭間から新たな華蜜が溢れ出した。

「あンンっ」

汐理が甘い声をあげる。

軽く触れただけでも感じるらしい。それならばと、舌を伸ばして割れ目をそっと舐めあげた。

「あぁっ……そ、そんなところ……」

「これが気持ちいいんですね」

彼女の反応を見ながら、陰唇の合わせ目に何度も舌先を這わせる。

透明な汁がジクジクと染み出して、瞬く間に航太朗の口のまわりを濡らしていく。それでも構うことなく、割れ目を舐めつづける。ときおり唇を密着させては華蜜をジュルルッと吸い出して嚥下した。

「はあああッ、の、飲んでるんですか?」

汐理が女体を小刻みに震わせる。

「甘酸っぱくて、おいしいですよ」

上目遣いに見つめてつぶやくと、汐理はたまらなそうに腰をよじった。

「もっと気持ちよくしてあげます。ここはどうですか?」

割れ目の端にある小さな突起を舐めまわす。

おそらく、これがクリトリスだ。たいていの女性が感じるポイントだというのは知っている。慎重に舌を這わせて、やさしく刺激した。

「そ、そこは……あああンっ」

汐理の声がせつなげになり、身体から力が抜ける。

やはりクリトリスが感じるらしい。そういうことなら、ここを集中的に責めるべきだ。溢れつづける華蜜を舌先で掬いあげては、敏感なクリトリスに塗りつけて転がした。

「あンっ、そ、そこばっかり……ああンっ」

汐理の喘ぎ声が艶を帯びていく。

感じているのは間違いない。いつしかクリトリスは充血して、ぷっくりふくらんでいる。そこに華蜜と唾液をたっぷり塗りこんで、ねちねちと執拗にねぶりまわした。

「こ、航太朗さんっ、あああッ」

「ここが好きなんですね」

航太朗は汐理の股間に顔を埋めたまま、くぐもった声で語りかける。

その間も決して愛撫を中断しない。舌先を器用に動かしては、ときおり溢れる華蜜をすすりあげては飲みくだす。もっと喘がせたくて、今度はとがらせた舌を膣口にねじこんだ。

「はあああッ、も、もうっ」

汐理が身体を硬直させて、両手で航太朗の頭を抱えこむ。それと同時に股間をグッと突き出した。

「うむうぅッ」

顔面に女性器が押しつけられて、口と鼻が同時にふさがれる。愛蜜で濡れた女陰が貼りつき、呼吸がまったくできない。慌てて首を左右に振りたくると、唇がクリトリスと女陰を激しく擦った。

「あああぁッ、い、いいっ」

汐理の喘ぎ声が林に響きわたる。

偶然にも航太朗の苦しまぎれの動きが、強い快感を生み出したらしい。女体が大きく仰け反って硬直する。汐理の腰が小刻みに震えて、膣口に埋まったままの舌を締めあげた。

「はあああッ、も、もうダメですっ」

喘ぎ声が切羽つまる。汐理は航太朗の後頭部に両手をまわした状態で、股間をグイグイしゃくりあげた。

「あああッ、イ、イクッ、イクッ、はああああああッ!」

ついに汐理が昇りつめていく。航太朗のクンニリングスで絶頂を告げて、股間から大量の蜜汁をプシャアアアアッとぶちまけた。

(おおおおッ……)

窒息しそうな苦しさのなか、航太朗は顔面で汐理の潮を受けとめる。

そのとき、朦朧とした頭に「水難」という言葉が浮かんだ。

川で尻餅をついてびしょ濡れになり、蜜汁の顔面シャワーを浴びている。これはまさに水難ではないか。いや、結果として悦んでいるのだから、水難ではないのかもしれない。しかし、全身がずぶ濡れになったのは事実だ。

（どうして、俺が……）

顔面を手で拭いながら考える。

確か、佳澄から聞いた話のなかに「水難」という言葉があった。だが、どんな話だったのか思い出せない。今は激しく興奮している状態で、ほかのことが考えられなかった。

5

汐理は木の幹に寄りかかり、ハアハアと呼吸を乱している。

航太朗が肩に担いでいた左脚はおろしたが、動く気力はないようだ。呆けた表情を浮かべて、絶頂の余韻に浸っていた。

「俺、まだ満足してませんよ」

航太朗は立ちあがると、屹立したままのペニスを見せつける。

大きくふくらんだ亀頭の先端から透明な汁が溢れて、地面まで糸を引いて滴り落ちていた。

「少し……休ませてください……」

汐理が消え入りそうな声でつぶやく。

まだ呼吸が整っていない。目の焦点も合っておらず、ぼんやりしている。潮を吹くほど絶頂したのだから当然だ。

しかし、汐理の回復を待っている余裕はない。かつてないほど欲望が高まっており、今すぐに挿入したくてたまらない。射精したばかりなのに、ペニスは鉄棒のようにそそり勃っていた。

「汐理ちゃんっ」

航太朗は正面から迫ると、右手で汐理の左脚を持ちあげる。そのまま自分の腋の下に抱えこみ、再び片足立ちで股を開く格好を強要した。

「ま、待ってください……」

汐理は背中を木の幹に預けて、困惑の声を漏らす。

だが、航太朗は聞く耳を持たず、腰を割りこませる。そして、勃起したペニスの先端を華蜜まみれの膣口に押しつけた。

「ああっ、そ、そんな——あひぃッ」

一気に貫くと、汐理の唇から裏返った嬌声がほとばしる。

まだ絶頂の余韻のなかにいるのに、いきなり極太のペニスで貫かれたのだ。強すぎる刺激に、双眸から涙が溢れ出して頬を伝い落ちていく。女壺が驚いたように反応して、猛烈に収縮した。

「くおおおッ、気持ちいいっ」

航太朗は熱い膣の感触に思わず唸った。

締めつけは強烈だが、先ほど射精しているので耐えられる。それに、かつてないほど欲望が増幅している。まだセックスを覚えて間もないが、女性を征服する悦びに目覚めていた。

右手で彼女の脚を抱えたまま、左手で小ぶりの乳房を揉みあげる。柔らかさを堪能して、先端で揺れる鮮やかなピンクの乳首を転がした。

「乳首も感じるんだね」

「ああンっ……どうしたんですか？」

汐理が小声でつぶやく。航太朗が積極的になったことで、とまどいを隠せないようだ。

「すごく興奮してるんだ。動いてもいいよね」

そう言うなり、腰を振りはじめる。

はじめての立位だが、挿入してしまえば関係ない。真下からズンッと突きあげて、亀頭を深い場所まで埋めこんだ。

「あひいッ!」

汐理の顎が跳ねあがる。

太幹で貫かれて、女体に痙攣が走り抜けた。ピストンを開始すると、さらに反応が大きくなる。鋭角的に張り出したカリが膣壁を擦り、巨大な亀頭が最深部を圧迫しているのだ。

「すごく締まってるじゃないですか」

「は、激しいですっ、ひああッ」

絶頂直後で敏感になっている汐理は、なす術もなく快楽に流されていく。ペニスを突きあげるたび、喘ぎ声が大きくなる。

「ああッ、そ、そんなにされたら……あああッ」

「これがいいんですね。もっと突いてあげますよ」

力強く腰を振り、膣の奥をかきまわす。ときおり、大きく回転させて、ひとつの刺激に慣れさせせない。不規則な動きを織りまぜると、汐理は困ったように眉を歪めて腰をよじった。

「はあああッ、ゆ、許してください」

「なにを許してほしいんですか」

ペニスを抽送しながら尋ねる。竿にからみつく膣襞の感触が気持ちよくて、ひと突きごとに我慢汁が噴き出した。

「そ、そんなにされた……あああッ」

「そんなにされたら、なんですか？」

言葉を交わしている間も抽送速度は緩めない。奥に到達する瞬間は、とくに力をこめて突きあげた。

「ひあああッ」

子宮口を圧迫するたび、汐理はつま先立ちになる。身体が浮きあがるほど、亀頭が膣の奥を刺激しているのだ。

「ああああッ……そ、そんなにされたら、おかしくなっちゃいます」

汐理がたまらなそうに両手を航太朗の首に巻きつける。そして、ペニスの抜き挿しに合わせて腰を振りはじめた。

「おかしくなってもいいですよ」

航太朗は容赦なく剛根をたたきこむ。愛蜜と我慢汁が大量に分泌されて、結合部分はグショグショになっている。それでもピストンすることで、湿った音が大音量で響きわたった。

「はああッ、す、すごいっ、はあああッ」

「おおおおッ、き、気持ちいいっ」

いつしか、ふたりは息を合わせて腰を振っている。

屋外という解放感が、大胆にしているのかもしれない。汐理もはしたなく股間を迫りあげて、逞しい男根を深い場所まで迎え入れる。愛らしい顔を快楽に歪めながら、淫らなよがり声を振りまいた。

「ひいッ、あひいッ、も、もうダメっ」

「イキそうなんだね。俺も、もう……」

ふたりとも絶頂が迫っている。ますます抽送が激しくなり、力いっぱい男根を突きあげた。

「はあああッ、航太朗さんっ」

「おおおッ、おおおおッ」

女体を抱きしめて、思いきりペニスをたたきこむ。次の瞬間、膣が猛烈に締まり、汐理の唇から艶めかしい嬌声がほとばしった。

「き、気持ちいいっ、イクッ、イクイクッ、はああああああああッ！」

「くおおおッ、出るっ、おおおおッ、ぬおおおおおおおおッ！」

直後に航太朗も呻き声を轟かせる。

汐理の絶頂を確認してから、女壺の奥で思いきり欲望を放出した。ペニスを根もとまで挿入した状態で、ザーメンを勢いよく噴きあげる。熱さに反応して、膣道がウネウネと激しく蠢いた。

「あ、熱いっ、ひあああああッ！」

汐理の腰がうねり、ペニスに受ける快感が倍増する。太幹が脈動して、さらに精液が噴き出した。

睾丸のなかが空になると、腰をゆっくり落として男根を引き抜く。すると、一拍置いて、膣のなかに放出した白濁液が逆流する。溢れ出たザーメンは、音もなく雑草の上に滴り落ちた。

6

精液をたっぷり放出したことで興奮が鎮まった。

先ほどまでの昂りは、いったいどういうことだろうか。これまで感じたことがないほど、欲望がふくれあがっていたのだ。

ふたりはしばらく無言でぼんやりしていたが、呼吸が整うと干してあった服を身につけた。

「あの……航太朗さん」

汐理が言いにくそうに切り出す。

なんとなく予想はついている。それでも、ショックを受けないように気持ちを引き締めた。

「今日は釣りにつき合ってくれて、ありがとうございます。とっても楽しかったです」

「こちらこそ、ありがとうございます。俺も楽しかったです」

「でも、これきりにしたほうがいいと思うんです……ごめんなさい」

汐理の声はどんどん小さくなっていく。自分から誘ったので、申しわけないと思っているのだろう。

「お気になさらないでください。謝らなければいけないのは俺のほうです。あんなに激しくして、すみませんでした」

まるで獣のように激しくピストンしてしまった。あんなことをすれば、嫌われるのは当然だろう。

「いえ……」

汐理は視線をすっと落とした。

「すごくよかったんです。でも、毎回だと壊れちゃうかも。それに……」

そこで言葉を切ると、汐理は少し考えるような顔をする。そして、意を決したように口を開いた。

「航太朗さんには、ほかに好きな人がいるような気がして……」

まさか、そんなことを言われるとは思いもしなかった。

航太朗は言葉を失って立ちつくす。心の深い場所をえぐられた気がして、どう返せばいいのかわからなかった。

「違っていたら、ごめんなさい。もしかしたら、好きな人がいるのに告白できないんじゃないかと思って……だから、さっきはあんなに激しくなっちゃったのかなって」

女の勘とは恐ろしいものだ。

セックスが激しくなった理由は、自分でもよくわかっていない。だが、確かに苛立ちをぶつけていた部分はあるのかもしれない。

ずっと志津香のことが気になっている。

だが、人妻ということで、あきらめようとしていた。叶わない恋だとわかっている。好きになってはいけない女性だ。無理やり忘れようとしていたが、どうしても忘れられずにいた。

「どうして……そう思ったんですか」

懸命に平静を装ってつぶやく。すると、汐理の目から大粒の涙が溢れて、頰を伝い落ちた。

「好きになった人のことは、なんとなくわかります。わたしのことは見てないんだなって……」

ひどく淋しげな声だった。

心から悪いことをしたと思う。こんなことになるなら、最初から誘いを断るべきだった。契約を取りたいがために誘いに乗るなど最低だ。自分で自分のことがいやになった。

「申しわけない……」

「最初からわかっていたから気にしないでください。今日は思い出作りのつもりで誘っただけですから」

汐理は指先で涙を拭うと、無理をして笑みを浮かべる。その顔が痛々しくて、なおさら申しわけない気持ちになった。

第五章　びしょ濡れ人妻

1

カーテンごしに射しこむ眩い光で目が覚めた。

枕もとのスマホで時刻を確認すると、まだ朝六時だ。

航太朗はベッドに横たわったまま、大きく伸びをする。そして、起きあがるとカーテンを全開にした。

まだ梅雨は明けていないが、今朝は気持ちよく晴れている。ずっと、じめじめしていたのに、雲ひとつない青空がひろがっていた。

ふと不安に襲われる。

なにかがおかしい。晴れ渡った空とは裏腹に、航太朗の心に暗雲が立ちこめていく。悪いことが起こりそうな気がして、どうにも落ち着かない。じっとしていられず、シャワーを浴びることにした。

バスルームに向かうと、頭からシャワーを浴びる。普通ならシャキッとするはずだが、やはり心は晴れなかった。

汐理と釣りに行ってから十日ほどが経っている。あの日から、志津香のことをより強く意識するようになっていた。

——好きになった人のことは、なんとなくわかります。

汐理の言葉が印象に残っている。

だが、航太朗には志津香の考えていることがわからなかった。

どうして、航太朗のことを誘ったのか、そして、今はどう思っているのか。会社で目が合うことが多いのは、単なる偶然だろうか。嫌われているわけではないと思うが、心までは読み取れなかった。

トーストとコーヒーの簡単な朝食を摂《と》る。そして、外に出ると、やはり青空がひろがっていた。

不思議に思いながら出社する。

タイムカードを押して自分のデスクに向かう。ところが、いつも先に来ている志津香の姿がなかった。

めずらしいこともあるものだ。

この時点では、そう思っていた。ところが、始業時間になっても志津香は出社しなかった。

さすがに気になり、さりげなく上司に確認する。すると、体調を崩したため休ませてほしいと連絡があったという。

(休むなんて、よっぽど具合が悪いんだな……)

心配だが、どうすることもできない。航太朗にできるのは、回復を祈ることだけだった。

志津香のことが頭から離れず、仕事に集中できずにいた。

外まわりに出かけても、社内でパソコンに向かっても、やけにミスの多い一日だった。

(明日はきっと会えますよね)

脳裏に思い浮かべた志津香に語りかける。

そして、定時を迎えると、そそくさと帰路に就いた。志津香がいなければ、残業する気になれなかった。

翌日も朝から快晴だった。

なんとなく心がざわざわする。落ち着かない気持ちのまま出社すると、この日も志津香の姿がなかった。

やはり体調不良で休んでいるという。

いったい、どうしたのだろうか。航太朗は仕事が手につかないほど心配しているが、ほかの社員たちはまったく気にしていない。ほとんど会話をしていないので仕方ないが、腹立たしくてならなかった。

(まさか、このまま辞めたりしないですよね)

心のなかでつぶやき、モニターの陰から志津香の席に視線を向ける。

そこに必ずいるはずの志津香がいない。急に会社が空虚な場所に感じられて、経験したことのない淋しさに襲われた。

その翌日も志津香は会社を休んだ。

これで病欠は三日目だ。さすがにおかしい。なにか悪い病気に罹《かか》っているのではないか。病院には行ったのだろうか。志津香の夫は単身赴任中なので、ひとりで苦しんでいるのではないか。

(大丈夫かな……)

考えれば考えるほど心配になってしまう。

ふと窓の外に視線を向けると、梅雨のまっ最中だというのに今日も晴れ渡っている。心境とは裏腹の青空を目にして、なぜか胸騒ぎを覚えた。

(やっぱり、連絡してみよう)

今日まで遠慮していたが、もう居ても立ってもいられない。

スマホを取り出して、アドレス帳を開いた。社員の連絡先はすべて登録してある。具合が悪いときに電話は迷惑だろう。声を聞きたいところだが、ここはメールで我慢する。

『斉藤です。具合はいかがですか。なにか協力できることがあったら言ってください』

簡潔な文面を心がけて送信した。

返信はあるだろうか。具合が悪くて、メールを打てない可能性もある。仕事中も心配で、スマホを何度も確認した。

昼すぎに返信があった。

『メールありがとう。ちょっと具合が悪いだけだから大丈夫です』

あまりにあっさりした内容に違和感を覚えた。

本当はかなり具合が悪いのに、無理をしているのではないか。なにしろ、三日も会社を休んでいるのだ。大丈夫なはずがなかった。

定時になると、この日もすぐに退社した。

さんざん迷ったが、思いきって志津香の家を訪ねるつもりだ。途中、コンビニに立ち寄り、スポーツドリンクやヨーグルトなど、体調が悪くても食べやすいものを購入した。

社員名簿で住所はわかっている。住宅地を歩いていくと、志津香の家が見つかった。赤い屋根に白壁のこぢんまりとした一戸建てだ。ここが夫婦の家だと思うと、胸の奥に嫉妬がこみあげた。

時刻は午後六時になったところだ。

西の空が燃えるようなオレンジ色に染まっている。意味もなく物悲しくなる時間帯だ。今日も雨はまったく降らなかったが、航太朗の心には重苦しい灰色の雲が立ちこめていた。

意を決してインターホンのボタンを押してみる。

しかし、ピンポーンという音が虚しく響くだけで返事はない。もう一度、押してみるが結果は同じだった。

窓に視線を向けると、明かりはついていない。どうやら留守のようだ。買い物にでも行っているのだろうか。動く元気があるなら大丈夫だと思うが、倒れている可能性も否定できない。

（でも、昼の時点ではメールに返信があったから……）

今は寝ているだけかもしれない。

そうだとしたら、インターホンを鳴らすのは迷惑だ。もう一度、メールを送ることも考えたが、起こさないほうがいいと思う。

とりあえず、明日まで待って出直すべきだろうか。そんなことを考えているうちに、あたりが薄暗くなってきた。そもそも突然の訪問だ。暗い時間に訪ねるのは非常識な気がする。

（やっぱり、今日は帰ろう……）

迷惑になってしまったら本末転倒だ。

明日も志津香が会社を休んだら、連絡を入れてから訪れることにする。心配でならないが、今日は帰ることにした。

2

家に背を向けて歩きはじめたとき、ポツポツと降ってきた。

すっかり暗くなった空を見あげる。

（雨か……）

まだ梅雨は明けていないのに、久しぶりの雨だ。志津香が会社を休んだ日から快晴がつづいていた。

瞬く間に雨脚が強まった。

紺色のジャケットの肩が濡れて、スラックスに染みがひろがっていく。走って帰ろうかと思ったが、今さら急いだところで意味はない。雨宿りする場所も見当たらず、濡れるしかなかった。

まっ暗な夜空から、大粒の雨粒がどんどん落ちてくる。志津香に会うこともできず、踏んだり蹴ったりとはこのことだ。

あきらめて雨のなかを歩き出す。そのとき、志津香と肌を重ねた夜のことを思い出した。

（あの夜も、すごい雨だったな……）

突然の大雨で、ラブホテルに逃げこんだ。そして、航太朗は童貞を捧げて、志津香のことが忘れられなくなった。

ふいに涙ぐみそうになり、思わず顔をうつむかせる。

叶わぬ恋だとわかっている。だが、どうしても惹かれてしまう。志津香のことを考えるだけで、胸がせつなく締めつけられた。

激しい雨になったせいか、航太朗のほかに歩行者の姿は見当たらない。雨粒が路面をたたく、ザーッという音だけが響いている。

がっくりうなだれて、自分の革靴だけを見つめながら歩いていく。

そのとき、ふと気配を感じて顔をあげる。すると、前方からひとりの女性がフラフラと歩いてきた。

傘をさしていないため、全身ずぶ濡れになっている。

白いワンピースが身体に貼りつき、黒髪の先から水が滴り落ちていた。顔を伏せているので表情はうかがえない。しかし、彼女の全身から人間離れした妖艶な雰囲気が漂っており、視線をそらせなくなった。

（志津香さん……）

心のなかでつぶやいた。

顔は見えないが、ひと目で志津香だとわかった。

声に出して呼びかけたわけではない。それなのに、まるで声が聞こえたようなタイミングで志津香が顔をあげた。

濡れた前髪が垂れかかり、目まで覆い隠している。それでも、志津香がこちらを見ているのがわかった。

駆け寄りたいが、足がすくんで動けない。

ずぶ濡れになった志津香は、息を呑むほど美しい。とてもではないが、この世のものとは思えない。見ているだけで胸が苦しくなり、航太朗はその場に立ちつくした。

雨が降りしきるなか、志津香がゆっくり歩を進める。これほど雨が似合う女性はほかにいない。彼女に会うときは、いつも雨だ。

（もしかしたら……）

いや、今はそんなことはどうでもいい。

ある考えが脳裏に浮かぶが、即座にかき消した。今は志津香のことだけを見ていたい。ただ近づいてくるだけなのに、これまで経験したことのない胸の高鳴りを覚えていた。

「航太朗くん……」

名前を呼ばれた瞬間、心臓をわしづかみにされたような錯覚に陥る。

雨が降っていてよかったと思う。気づいたときには、熱い涙が頰を流れ落ちていた。

再会したことで安堵したのか、名前を呼ばれて感激したのか、自分でもよくわからない。ただ、かつてないほど気持ちが高揚しているのは確かだ。志津香への想いが抑えきれなくなっていた。

「来てくれたのね」

志津香がぽつりとつぶやく。

抑揚のない声で感情の起伏が感じられない。それでも、なぜか喜んでくれているのが伝わってきた。

「お身体の具合は……」

やっとのことで言葉を紡ぐ。口を開くと感情が一気に溢れそうで、自分を抑えるのが大変だった。

「心配してくれて、ありがとう。でも、大丈夫よ」

志津香が口もとに微かな笑みを浮かべる。

雨に打たれながら、ふたりは見つめ合った。もう言葉はいらない。どちらからともなく身体を寄せると、吸い寄せられるように唇を重ねた。

表面が触れるだけのやさしいキスだ。

雨に打たれたせいか、志津香の唇は冷たかった。ついばむような口づけをくり返す。すると、少しずつ血色が戻り、唇が熱くなってくる。それとともに気持ちが盛りあがった。

「会いたかったです」

「わたしもよ……」

軽い口づけだけで我慢できるはずがない。

志津香の背中に手をまわすと、舌を深く挿し入れる。雨のなかで濃厚なディープキスを交わす。志津香も舌を伸ばして、ねちっこくからめてくれた。

「志津香さん……」

「ああっ、航太朗くん」

名前を呼んでは、唾液を何度も交換する。相手の味を確認して、再会の喜びを分かち合った。

3

長いキスを交わしたあと、志津香は航太朗を部屋に招き入れてくれた。

そして今、ふたりはリビングのソファに並んで腰かけている。濡れた服を脱いで、バスタオルで身体を拭いた。

航太朗はバスタオルを腰に巻きつけている。志津香も裸体に巻きつけて、乳房と股間を隠していた。

目の前のガラステーブルには、ウイスキーが注がれたグラスがふたつ置いてある。氷は入っておらずストレートだ。冷えた身体を温めるようにと、志津香が用意してくれたのだ。

航太朗はグラスを手に取り、ウイスキーを口に含んだ。

喉に流しこむとカッと焼けるように熱くなり、芳醇な香りが鼻に抜ける。思わず咳きこみそうになるのを、ギリギリのところでこらえた。

「なにか、あったのですね」

言葉を選んで質問する。

志津香が会社を休んだ理由は、体調を崩したからではない。顔を見て、ほかに理由があると確信した。

志津香はウイスキーを気持ちを落ち着かせるようにひと口飲んだ。そして、小さく息を吐き出してから口を開いた。

「じつは、夫と別れることになったの」

いつにも増して、淡々とした口調になっている。

しかし、内容が内容だけに、心が落ち着いているはずがない。無理に感情を抑えているに違いなかった。

「そんな……もう決定してしまったのですか」

驚きを隠せずに口走る。

夫が単身赴任先で浮気をしているという話は聞いていた。しかし、離婚するとは思わなかった。

「ええ……」

志津香は淋しげな表情でうなずいた。

先日、夫が離婚届を持って帰ってきたという。志津香もサインをして、正式に離婚が成立していた。

「こう見えても、落ちこんでいたのよ」

志津香は苦笑を漏らすと、再びウイスキーを口にする。

「夫の転勤が決まったとき、わたしもついていっていれば……」

その言葉に後悔の念が滲んでいた。

「どうして、行かなかったんですか」

素朴な疑問だった。

志津香が夫より仕事を選んだのは意外な気がした。営業成績は常にトップクラスだが、仕事が好きなわけではないようだ。会社では雑談をいっさいせず、同僚たちとの間に自ら壁を作っている。

そんな姿を知っているので、夫の転勤先で新しい仕事を探してもよかったのではないかと思ってしまう。

「わたしは、ここを離れられないから……」

志津香が言いにくそうにつぶやいた。

「どういう意味――」

質問を重ねようとして、はっと呑みこんだ。

そういえば、この土地から離れられないらしい……雨女は……。確か、佳澄がそんなことを言っていた。

（いや、まさか……）

心のなかで否定する。

しかし、思っているとおりだとしたら、いろいろと説明がつく。当てはまることがたくさんあった。

（志津香さんは、本物の……）

さりげなく志津香の横顔を見つめる。

鼻すじがスッと通り、肌は白くてなめらかだ。相変わらず彫刻のように整っていて、高価な美術品を思わせる。見ているだけで心がうっとりしてしまう。時間が経つのも忘れて、何時間でも眺めていられそうだ。

「でも、大丈夫よ」

志津香はこちらに顔を向ける。目が合うとドキリとして、胸の鼓動が一気に速くなった。

「航太朗くんと出会えたから……」

「お、俺と？」

思わず自分の顔を指さすと、志津香は微笑を浮かべてうなずいた。

「わたしたちって、運命の出会いだと思わない？」

「う、運命、ですか？」

なにやら、大仰な話になっている。

確かに、異動になって腐っていたとき、志津香と出会えたのは大きかった。彼女が相手で童貞を卒業できたのは奇跡としか思えない。しかし、それは航太朗の話であって、志津香にとってはたいしたことではない気がする。

「夫は経験があったの……だから、ダメだったのよ」

志津香が遠い目をしてつぶやいた。

女性経験のことだろうか。別れた旦那は、童貞ではなかったらしい。だが、それが原因で破局したわけではないだろう。

「互いに惹かれ合って、そのうえ初物じゃないと……」

志津香の言葉を聞いて、思わず首をかしげた。

初物という響きに覚えがある。やはり佳澄に聞いた言葉だ。童貞が雨女と交わると、雨男になってしまうという話だった。

（やっぱり、志津香さんは……）

雨女だと仮定すると、すべての辻褄が合ってしまう。

しかし、そんな言い伝えは信じられない。ついこの間までは、そう思っていた。

でも今は笑い飛ばせなくなっている。それどころか、雨女は実在するのではないかと思うようになっていた。

——互いに惹かれ合って、そのうえ初物じゃないと……。

先ほどの言葉が気になっている。

航太朗は志津香のことを想っているが、志津香のほうはどうなのだろうか。彼女の気持ちを確認したかった。

「俺は……俺は志津香さんのことが好きです」

勇気を振り絞って、自分の気持ちをきっぱり伝える。羞恥で顔が熱くなり、鏡を見なくても赤面しているのがわかった。

「ありがとう」

志津香はうれしそうに目を細めて、穏やかな声で礼を言ってくれる。だが、自分の気持ちは口にしなかった。

「志津香さんは……」

言いかけて黙りこむ。強引に聞き出すことではない。それでも、志津香の気持ちを知りたかった。

「決起集会の夜、男の人たちにからまれたとき、航太朗くんが助けてくれたわよね。覚えてる?」

そう言われて思い出す。

航太朗は苦しまぎれに頭突きをぶちかましただけだ。あのあと、志津香に手を引かれて逃げ出した。助けたというより、自分が助けられたという思いのほうが強かった。

「俺はなにも……」

「身を挺して助けてくれたんだもの。男らしかったわよ。あのとき思ったの。この人となら、うまくやっていけるかもって」

志津香が懐かしそうに語りつづける。

手を取り合って逃げているとき、いきなり雨が降り出した。志津香は高揚していたのだろうか。雨女の感情が昂ると、雨が降るという。またしても、仮説を裏づける結果になっていた。

(雨女は初物を好むっていうけど……)

航太朗が童貞だと打ち明けたのは、そのあとのことだ。童貞だから気になったわけではないだろう。

「航太朗くん……わたしも好きです」

志津香が目をまっすぐ見つめて、気持ちを伝えてくれる。

まさか、こんなことを言ってもらえるとは思いもしなかった。歓喜と興奮、それに羞恥が同時に押し寄せる。

「し、志津香さん……」

昂った声で呼びかける。

互いの気持ちがわかったせいか、急に女体が艶めかしく感じてしまう。

志津香の雨で濡れた髪が色っぽい。バスタオルの縁がめりこんでいる乳房も気になった。視線を下に向ければ、むっちりした太腿がつけ根近くまで剝き出しになっていた。

(うっ……)

ペニスがズクリッと反応して、むくむくとふくらみはじめる。

どういうわけか、ここのところ精力が増進していた。もはや意志の力では抑えられず、わずか数秒でバスタオルの股間にテントが張った。

「どうして、そんなになってるの？」

志津香は股間を見やり、口もとに笑みを浮かべる。そして、ソファから立ちあがると、航太朗の手を取った。

「寝室に行きましょう」

やさしい声で誘ってくれる。

もちろん、断る理由などない。逸《はや》る気持ちを抑えて、航太朗もゆっくり立ちあがった。

4

かつての夫婦の寝室に足を踏み入れる。

中央にダブルベッドがあり、サイドテーブルのスタンドが室内をぼんやり照らしていた。

妙に艶めかしく感じると同時に、ほんの少しの嫉妬を覚える。

考えても仕方のないことだが、どうしても脳裏に浮かんでしまう。すでに離婚したとはいえ、いったい何度、夫に抱かれたのだろうか。このベッドでセックスしたのは間違いなかった。

「なにを考えてるの？」

志津香が心のなかを見透かしたように尋ねる。

今、ふたりはベッドの前に立ち、見つめ合っていた。それぞれバスタオルを巻いており、スタンドの光を浴びている。息がかかるほど距離が近く、気持ちがどんどん盛りあがっていく。

「もしかして、妬《や》いてるの？」

「ま、まさか……」

すかさず否定する。

心の狭い男と思われたくない一心だった。しかし、ごまかそうとしていること自体が小さい気がした。

「本当に？」

志津香がからかうように声をかける。甘い吐息が鼻先をかすめて、バスタオルのなかのペニスが疼いた。

「ウ、ウソです。本当は妬いてました」

すべてを見透かされている気がする。ごまかしは利かない気がして、正直に打ち明けた。

「素直なのね」

志津香は楽しげにつぶやき、バスタオルをすっとはずす。とたんに眩《まばゆ》い女体が露になった。

乳房は大きいのに張りがあり、タプタプと弾んでいる。丘陵の頂点に鎮座する乳首は淡いピンクだ。腰は細く締まっているため、艶めかしいS字の曲線を描いている。恥丘には漆黒の陰毛が自然な感じで生えており、先ほどの大雨を受けてしっとり濡れていた。

(す、すごい……)

すでに一度拝んでいるのに、あらためて見惚れてしまう。

まさに理想をそのまま形にしたような女体だ。染みひとつない白い肌が織りなす曲線は、ため息が漏れるほど美しい。あまりにも整っているため、夢を見ているような気持ちになっていた。

「航太朗くんも、見せて」

志津香は目の下をほんのり桜色に染めあげる。熱い視線を浴びて、恥ずかしげに腰をくねらせた。

「は、はい……」

航太朗も慌ててバスタオルを取り去った。

ペニスはガチガチに勃起しており、臍につきそうなほど反り返っている。我慢汁が大量に溢れて、亀頭と太幹を濡らしていた。

「素敵よ。やっぱり大きいわ」

志津香の右手がペニスに触れる。ほっそりした指を竿に巻きつけて、ゆるゆるとしごきはじめた。

「ううっ……」

甘い刺激に呻きながら、航太朗も両手を伸ばして乳房を揉みあげる。柔肉に指をめりこませては、先端で揺れる乳首をそっと摘まむ。指先で慎重に転がして、やさしい刺激を送りこんだ。

「あンっ、上手よ」

唇が半開きになり、色っぽい声が溢れ出す。

褒められるのがうれしくて、さらに繊細な愛撫を施していく。指先で乳輪をなぞり、乳首の先端をチョンチョンとタッチする。そのたびに女体が震えて、志津香の瞳がしっとり潤んだ。

「はあンっ、いいわ」

「硬くなってきました……志津香さんのここ」

双つの乳首がとがり勃ち、乳輪までぷっくり隆起する。硬くなったところを再びそっと摘まみあげた。

「あぁッ……」

志津香の声が大きくなる。

じっくりした愛撫で、感度は確実にアップした。女体が小刻みに震えて、内腿を擦り合わせるのがわかる。志津香は反撃するように、ペニスに巻きつけた指をスライドさせた。

「ううぅッ」

呻き声が溢れて、腰が大きく揺れてしまう。我慢汁の量も増えており、早くひとつになりたくてたまらない。

「し、志津香さん……」

「ベッドに……」

航太朗の気持ちを悟ったのか、志津香がペニスを手綱のように握ったまま、ベッドに誘導してくれる。

「仰向けになってね」

「は、はい……」

期待に胸を震わせながら、ダブルベッドの中央に横たわる。

また騎乗位で腰を振ってくれるのだろうか。そんなことを考えていると、志津香は逆向きになって航太朗の顔をまたいだ。そして、裸体をぴったり重ねて、顔をペニスに寄せていく。

「夫とはしたことないの」

そう言うなり、亀頭の先端に口づけした。

「うっ……こ、これって……」

いわゆるシックスナインの体勢だ。

まさか、志津香がこんな愛撫をしかけてくるとは思いもしない。航太朗の目と鼻の先に陰唇が迫っている。乳首への刺激が効いたのか、たっぷりの華蜜で濡れそぼっていた。

「ぬ、濡れてます……」

「もっと濡らしてほしいの」

志津香が亀頭に舌を這わせながらつぶやく。

両手を太幹の根もとに添えて、まるでソフトクリームを舐めるように舌をネロネロと動かしていた。

「この寝室を航太朗くんの色に染めて……お願い」

志津香は航太朗との再出発を願っている。その思いが伝わり、航太朗の気持ちは盛りあがった。

両手を尻たぶにまわしこみ、首を持ちあげて女陰の両脇に口を押し当てる。チュッ、チュッと何度も口づけをしてから、舌を伸ばして二枚の陰唇を交互に舐めあげた。

「あンっ……あああンっ」

甘い声を漏らすと、志津香も亀頭をぱっくり咥えこむ。唇をカリ首に密着させて、亀頭を飴玉のように舐めまわす。唾液と我慢汁を塗り伸ばしながら、柔らかい舌が蠢いた。

「くううッ、す、すごい……」

亀頭だけをしゃぶられると、焦らされているようでたまらない。両脚がつま先までピーンッと伸びきり、我慢汁がドクドク溢れた。

「あふっ、お汁がいっぱい、気持ちいいのね」

志津香がくぐもった声でつぶやく。

口内に我慢汁を注がれても、いやな顔をすることなく嚥下する。そして、尿道口を舌先でくすぐり、我慢汁の湧出をうながした。

「お、俺も……うむッ」

負けていられないとばかりに、航太朗も舌を膣口に突き立てる。ゆっくり押しつけると、熱い膣内にヌルリッと沈みこんだ。

「はううッ」

志津香が亀頭を口に含んだ状態で、喘ぎ声を振りまいた。

尻たぶの筋肉に力が入り、膣口が収縮する。舌の先を締めつけて、奥から新たな華蜜がジュブッと溢れ出した。

(感じてる……志津香さんが感じてるんだ)

航太朗は舌先で女壺の浅瀬をかきまわすと、唇を密着させて華蜜を思いきり吸い出した。

「あううッ、な、なにしてるの?」

志津香が困惑の声を漏らす。しかし、すぐにペニスを咥え直すと、反撃とばかりに吸茎した。

「おおおッ……き、気持ちいいっ」

もちろん、航太朗もやられっぱなしではない。

さらに舌を女壺にねじこみ、濡れた膣壁を舐めあげる。舌先を器用に動かして華蜜をかき出すと、躊躇することなくすすり飲んだ。

互いの股間に顔を寄せて、性器をねちっこくしゃぶり合う。快感を与えられれば、さらなる快感をお返しする。相互愛撫で燃えあがり、ふたりの愉悦は瞬く間に高まっていく。

「あむッ……はふッ……あふンッ」

志津香が本格的に首を振りはじめる。ペニスを根もとまで咥えこみ、唇で猛烈に肉竿を擦りあげた。

「おおおッ、そ、そんなに……くおおおッ」

受け身にまわると、すぐに快感が決壊しそうだ。航太朗は舌を猛烈に抜き挿しして、必死に快感を送りこんだ。

「あああッ、い、いいっ、気持ちいいっ」

志津香の喘ぎ声がいっそう大きくなる。直後にペニスを深く咥えこんで、ジュルルッと思いきり吸いあげた。

快楽を与え合うシックスナインで、ふたりは同時に昇りはじめる。

航太朗が舌をねじこむと、志津香は首を全力で振り立てた。華蜜と我慢汁を飲み合って、互いの性器を思いきり吸引する。そんなことをくり返して、ついには絶頂の急坂を駆けあがっていく。

「も、もう、出そうですっ」

「出してっ……ああっ、わたしもイクわっ」

ふたりとも絶頂が迫っている。

快感が高まるほど、愛撫に力が入り、相手に与える快感も大きくなる。その結果、ふたりは同時に限界に到達した。

「おおおおッ、で、出ますっ、くおおおおおおおおッ！」

「あああッ、いいいっ、イクイクッ、あむううううッ！」

航太朗は女壺に舌先を埋めこみ、志津香は男根を深く咥えて、絶頂の快楽を共有する。亀頭の先端から大量のザーメンが噴きあがり、陰唇の狭間からは透明な汁がスプリンクラーのようにブシャアアアアッと飛び散った。

（し、潮だっ、志津香さんが潮を吹いたんだっ！）

凄まじい量の液体で、航太朗の顔面が濡れていく。

汐理もクンニリングスで潮を吹いたが、比べものにならない大量の液体が降りかかった。

シックスナインでふたりは同時に昇りつめた。

しかし、それくらいで性欲が鎮まることはない。ますます興奮は高まり、ひとつになりたいという欲望が盛りあがった。

5

「上になってもいい？」

志津香はいったん航太朗の上から降りると、最初のときのように騎乗位の体勢になって股間にまたがった。

右手を股間に伸ばして太幹をつかみ、亀頭を膣口に誘導する。そして、腰をじわじわと落としはじめた。先端が女壺にクチュッとはまり、そのままゆっくり沈みこんでいく。

「おおおっ……」

航太朗は呻き声をあげて、志津香の裸体を見あげていた。

両膝をシーツにつけた状態での騎乗位だ。前回と同じ光景だが、航太朗は経験を積んだことで余裕がある。なにより、どういうわけか精力が比べものにならないほどアップしていた。

「すごいわ……奥まで来てる」

志津香が自分の臍のあたりを手のひらで撫でる。

亀頭の先端がそこまで届いているらしい。そして、ペニスの感触を味わうように、腰をゆったりまわしはじめた。

「あンっ……あぁンっ」

「な、なかでこねまわされて……くおおおッ」

快感の波が押し寄せるが、まだ耐えられる。前回とは異なり、状況を冷静に観察できた。

（この前は、はじめてだったけど……）

多少なりとも成長していると思う。今回は簡単に終わらせたくない。少しでも長持ちさせて、志津香を感じさせたかった。

両手を伸ばして、志津香の腰をそっとつかむ。そして、グイグイと前後に動かした。

「ああッ、ま、待って、動かさないでっ」

突然のことに、志津香が困惑の声をあげる。自分のペースを乱されて、明らかに焦っていた。

「俺が動かしてあげますよ」

女体を揺らすことで、カリが膣壁にめりこんでいる。ゴリゴリ擦りつけるようにすれば、くびれた腰が震えはじめた。

「な、なかが擦れて……はううぅッ」

「これがいいんですか?」

意識的にカリを擦りつけて、膣壁を強くえぐった。

「はううッ、ダ、ダメぇっ」

志津香の声を無視して、今度は股間を跳ねあげる。真下からペニスを突きこんで、亀頭で子宮口を圧迫した。

「ひあぁッ……こ、航太朗くん、どうしたの?」

「なんのことですか?」

「前とは別人みたい……」

まさかほかの女性とセックスしたなどと言えるはずもない。とぼけながらも腰を使いつづける。

「奥まで挿れてあげますよっ」

「ひンンンッ」

「こういうのはどうですか。奥も感じるでしょう?」

両膝を立てて、股間をグイグイ突きあげる。容赦なく太幹を送りこんで、膣道の奥を集中的に刺激した。

「おおおッ……おおおおッ」

「ひああッ、は、激しいっ、あひいいッ」

志津香の唇から金属的な喘ぎ声がほとばしる。

航太朗に主導権を奪われて困惑している。快楽を次々と送りこめば、ペースを奪い返すこともできず、ただ喘ぐだけになっていく。航太朗は欲望のままにペニスを突きこみ、志津香に喘ぎ声をあげさせた。

「はあああッ、ま、待ってっ、そんなにされたら……」

「このまままつづけたら、どうなっちゃうんですか?」

感じているのは航太朗も同じだ。しかし、自分が主体になって動けば、快感をある程度はコントロールできた。

「も、もうダメっ、イッちゃうっ、イッちゃうから……あああッ」

志津香が切羽つまった声を振りまいた。

それを聞いたら、なおさらピストンに熱が入る。航太朗はくびれた腰をつかんで、真上に向かってペニスを突きあげつづけた。

「はああぁッ、い、いいっ、イクッ、イクッ、はあああああああッ！」

ついに志津香がアクメの嬌声を響かせる。

騎乗位で腰を振りはじめたのに、今回は航太朗のほうが一枚上手だった。力強い抽送に屈して、華蜜を大量に垂れ流しながら昇りつめた。

「ようし、俺も……おおおおッ、くおおおおおおッ！」

志津香の絶頂を見届けると、航太朗も膣の奥にザーメンを注ぎこむ。ペニスがビクビクと脈動して、大量の精液が噴きあがった。

「ひあああッ、あ、熱いっ」

「き、気持ちいいっ、おおおおおッ」

志津香の眉が八の字に歪み、裸体が激しく痙攣する。それを見あげながら、航太朗は最高の快楽に酔いしれた。

6

(やった……志津香さんをイカせたんだ)

これまでにない悦びが胸にひろがっていく。

ペニスは萎えることなく、膣に深く刺さったままだ。志津香は両手を胸板について、呼吸をハアハアと乱していた。

ふだんはクールな美貌が、絶頂の快楽に蕩けきっている。瞼を半分落とした表情が色っぽい。頬が桜色に染まり、瞳はねっとり潤んでいる。半開きになった唇の端から透明な涎れがトロトロと溢れていた。

「もう、強引なんだから……」

しばらくすると、志津香が甘ったるい声でささやく。

まだ絶頂の余韻がつづいているのだろう。腰をねちねちとまわして、ペニスの感触を楽しんでいる。

「こんなに強くなったのね……」

志津香は頼もしげに航太朗を見おろしていた。

どうやら、たくましさを認めて惚れ直したらしい。その言葉が自信となり、航太朗の興奮はますます盛りあがった。

(ようし……)

まだ欲望はつきていない。

二度も射精したのに、ペニスは硬いままだった。

航太朗は上半身を起こすと、志津香の身体を抱きしめる。結合は解くことなく胡座《あぐら》をかいて、女体を股間に乗せあげた。

騎乗位から対面座位に移行した。身体を密着させることができて、一体感が深まる体位だ。

「ああンっ、まだできるの?」

「もちろんです。志津香さんが相手なら、何回でもできますよ」

胡座をかいた膝を揺らせば、女体が上下に弾む。勃起したペニスが膣に出入りをくり返し、クチュッ、ニチュッという湿った音が響きわたった。

「ああッ……ああッ……奥まで来るわ」

志津香が喘いで、航太朗の身体にしがみつく。両手をしっかり背中にまわして首すじに顔を埋めた。

「素敵よ。もっと突いて」

そうささやき、耳たぶを甘嚙みする。ゾクゾクする快感が走り抜けて、膣のなかのペニスがビクッと跳ねた。

「それじゃあ、激しくしますよ」

両手を志津香の尻たぶにあてがうと、女体を上下に揺すりはじめる。同時に膝も揺らすことで、男根を力強く抜き差しした。

「ああッ、いいっ、あああッ」

志津香が甘い声を振りまき、航太朗の背中に爪を立てる。その感触も刺激となり、快感に変わっていく。

「おおおッ、志津香さんっ」

肌と肌が密着しているのもたまらない。

ふたりの身体がひとつに溶け合ったような錯覚に陥り、快感が一気に跳ねあがる。ピストンのスピードが速くなって、膣の締まりも強くなる。ペニスはひとまわり大きくなり、女壺の深い場所に突き刺さった。

「はあああッ、い、いいっ、すごいっ、すごいのっ」

志津香が手放しで喘ぎはじめる。

快楽に流されて、もう昇りつめることしか考えていない。ペニスがえぐりこむたび、股間をリズミカルにしゃくりあげる。そうすることで結合が深くなり、快感が爆発的にふくらんだ。

「あああァッ、いいっ、気持ちいいっ」

「お、俺もですっ、くおおおッ」

頭のなかがまっ赤に燃えあがる。絶頂が迫っているが、この幸せな時間をまだ終わらせたくなかった。

「志津香さんっ」

「あアッ、航太朗くんっ」

見つめ合うと、どちらからともなく唇を重ねていく。

対面座位で腰を振りながらのディープキスだ。舌を深くからめて、唾液を何度も交換する。その結果、膣の締まりがいっそう強くなり、ペニスが破裂しそうなほど膨張した。

「くうううッ、も、もうダメだっ」

「あああッ、わたしも、イッちゃいそうっ」

これ以上は引き延ばせない。

こらえにこらえてきた快感が爆発的にふくれあがり、絶頂の大波が轟音を響かせながら押し寄せた。

「ぬおおおおッ、志津香さんっ」

女体を強く抱き寄せて、股間を思いきり突きあげる。ペニスを最深部まで埋めこんで、亀頭で子宮口を圧迫した。

「ひああああッ」

「おおおおおッ、出る出るっ、くおおおおおおおおおッ！」

凄まじい勢いでザーメンが尿道を駆け抜ける。三度目とは思えないほど大量の粘液が噴きあがり、膣の奥を直撃した。

「ひいいいッ、イクッ、イクイクッ、あああああッ、イックうううううッ！」

志津香も裏返ったよがり泣きを響かせる。対面座位で深く交わり、膣奥で熱いザーメンを受けとめて絶頂した。

気を失うかと思うほどの快感が全身を包みこむ。航太朗は女体を抱きしめたまま、延々と精液を放出した。

志津香も裸体を痙攣させて、ヒイヒイと喘ぎつづける。もう、まともな言葉を発する余裕もなく、ただ航太朗の体に強くしがみついていた。

航太朗と志津香は並んで横たわっている。

ふたりとも口を開くことなく、絶頂の余韻の海を漂っていた。

童貞が雨女と交わると、雨男になるという。そして、雨男になると性欲が強くなるらしい。

(もしかして、俺……)

異常なほど興奮して、三度も射精してしまった。

まさかとは思うが、雨男になったのだろうか。信じられないことだが、これまで三度も射精したことはなかった。

雨女と交わった男は、水難に遭うという。

営業先で大雨が降ったり、アパートのシャワーが故障したり、川で尻餅をついてびしょ濡れになったり、短期間にいろいろなことがあった。航太朗は女性とセックスできて、うれしいことばかりだったが、水難と言えなくもない。

(でも、雨男になると……)

いろいろ不便なこともあるようだ。

感情が昂ると雨が降ってしまうらしい。そして、この土地から離れられなくなるという。

志津香は夫の単身赴任先に行くことができなかった。航太朗は二度と東京本社に戻れないことになる。

それならそれで構わない。

この土地から離れられないことなど、たいした問題ではない。志津香がいてくれれば、それだけで幸せになれる気がした。

ふと隣を見ると、志津香が寝息を立てていた。

激しいセックスで満足して、穏やかな表情を浮かべている。この美しい女性を守っていきたい。雨女だったとしても、そんなことは関係ない。ただ、愛する女性のそばにいたい。ただそれだけだった。

＊本作品は書下しです。文中に登場する団体、個人、行為などはすべてフィクションであり、実在のものとは一切関係ありません。

◉新人作品**大募集**◉

マドンナメイト編集部では、意欲あふれる新人作品を常時募集しております。採用された作品は、本人通知のうえ当文庫より出版されることになります。

【応募要項】未発表作品に限る。四〇〇字詰原稿用紙換算で三〇〇枚以上四〇〇枚以内。必ず梗概をお書き添えのうえ、名前・住所・電話番号を明記してお送り下さい。なお、採否にかかわらず原稿は返却いたしません。また、電話でのお問い合せはご遠慮下さい。

【送付先】〒一〇一 - 八四〇五 東京都千代田区神田三崎町二 - 一八 - 一一 マドンナ社編集部 新人作品募集係

奥《おく》さん《さん》、びしょ濡《ぬ》れです《れです》…

二〇二三年 八月 十日 初版発行

著者◉葉月奏太【はづき・そうた】

発行◉マドンナ社

発売◉二見書房 東京都千代田区神田三崎町二 - 一八 - 一一
電話 〇三 - 三五一五 - 二三一一(代表)
郵便振替 〇〇一七〇 - 四 - 二六三九

印刷◉株式会社堀内印刷所 製本◉株式会社村上製本所 落丁・乱丁本はお取替えいたします。定価は、カバーに表示してあります。

ISBN978-4-576-23086-3 ◉ Printed in Japan ◉

Madonna Mate